新潮文庫

ナルニア国物語1

# ライオンと魔女

C・S・ルイス
小澤身和子訳

ナルニア国物語1

# ライオンと魔女

目次

Map of
The Lion, the Witch
and the Wardrobe
River
NIA
Beruna
ベルーナの浅瀬
Stone Table
石舞台
Cair Paravel
ケア・パラヴェルの城

Wild Woods of the West
西の森
Cave of Mr. Tumnus
タムナスさんの洞窟
White Witch's House
白い魔女の館
Lantern
街灯
Beaversdam
ビーバーズ・ダム
Great
大きな川
NAR
ARCHENLAND

装画・挿画
まめふく

地図
畠山モグ

ナルニア国物語1

# ライオンと魔女

## 人物紹介

◆ナルニアを訪れる四人のきょうだい

ピーター…………一番上の兄。責任感が強く頼もしい。

スーザン…………気が弱いが優しい長女。きょうだいの二番目。

エドマンド………ひねくれ者の次男。妹のルーシーをいじめる。

ルーシー…………素直で好奇心旺盛な末っ子。ナルニアを最初に訪れる。

◆ナルニアの住人たち

アスラン…………ナルニアの森の王。ライオンの姿をしている。

白い魔女………ナルニアを支配する魔女。
エドマンドをだまして館に呼びよせる。

タムナス…………心優しいフォーン。ルーシーと友だちになる。

ビーバー夫妻…ナルニアを訪れたきょうだいを助け、食事をごちそうする。

ルーシー・バーフィールドへ

## 親愛なる私のルーシー

私はこの物語をきみのために書いたけれど、書きはじめたころは女の子というものが、物語よりも早く成長するとは思ってもいなかった。結果的に、きみはおとぎ話を読む年齢を過ぎてしまったし、この物語が印刷されて本になるころにはもっと成長していることだろう。でも大人になったある日、またきっとおとぎ話が読みたくなるはずだ。そうしたら、上のほうの棚に置かれたこの本を取り出して、ほこりを払い、改めて読んだ感想を教えてほしい。そのころには私はもう耳が遠くなっているかもしれないし、きみがなにを言っているのか一言も理解できないくらい、もうろくしているかもしれない。それでもきみの名付け親でもある私は、変わらずきみを大切に思っているだろう。

C・S・ルイス

# 第一章　ルーシー、衣装だんすを覗く

昔、ピーター、スーザン、エドマンド、ルーシーという名の子どもたちがいた。これからお話しするのは、戦争中に四人が、空襲を避けるためにロンドンを離れていたあいだの物語だ。

彼らが送られた先は、イギリスの奥まった場所にある――最寄りの鉄道駅から十五キロ、一番近い郵便局からも三キロ離れている――ある年老いた教授の家だった。妻はなく、とても大きな家にマクレディさんという家政婦と三人の使用人と住んでいた（彼女たちの名前はアイヴィ、マーガレット、ベティだが、この物語にはほとんど登場しない）。

教授はかなり年をとっていて、ぼさぼさの白髪が頭だけでなく顔のほとんどをおおっていた。一目見て、子どもたちは彼を好きになった。でも、最初の夜に玄関で出迎えてくれたときの教授の姿があまりにも風変わりだったので、ルーシー（一番年下の子）は少し怖くなってしまい、エドマンド（その次に年少の子）は笑いたくなるのを隠すために鼻をかんでいるふりをしなければならなかった。

　最初の晩、子どもたちは教授におやすみなさいを言って二階に上がるやいなや、男の子たちが女の子たちの部屋へやってきて、いっせいに話しはじめた。

「ぼくたちは運がいいよ。間違いなくね」とピーターが言った。「これから絶対に楽しくなる。あのおじいさんは、ぼくらのやりたいようにさせてくれるはずだ」

「優しそうな人じゃない」とスーザン。

「何なんだよ！」とエドマンドが言った。彼は疲れているのに、そうでないふりをしていて、そういうときはいつも不機嫌になるのだ。「そんな言い方はやめてよね」

「どんな言い方だって言うの？」とスーザンは言った。「とにかく、もうベッドに行く時間なんじゃない？」

「お次は母さんみたいな話し方かよ」とエドマンドは言った。「ベッドに行く時間だなんて、なにさまのつもり？　自分が寝ればいいだろ」

「でも、みんなもう寝たほうがいいんじゃない？」とルーシーが言った。「ここで話しているのを聞かれたら、きっと怒られちゃうよ」

「そんなことないさ」とピーターが答えた。「こういう家では、ぼくらがなにをしてたって、誰も気にしないさ。いずれにしても、ぼくらの声は届かないだろうしね。ここから下のダイニングルームまで歩いていくんだって十分はかかるし、ここまで来るには階段も廊下もたくさんあるだろ」

「ねえ、いまの音はなに？」突然、ルーシーが言った。こんなに大きな家を訪れるのははじめてだったので、長い廊下や無数のドアが、たくさんの空き部屋につづいていると考えると少し気味悪くなったのだ。

「ただの鳥だろ、バカだな」とエドマンドは言った。

「フクロウだよ」とピーターが言った。「ここは鳥にとっては最高の場所だろうね。さあ、ぼくはもう寝るよ。明日は探検しに行こう。こういう場所では何だって見つけられるはずさ。ここに来る途中で、山が並んでいるのを見ただろう？　森もあったよね？　ワシもいるかもしれないな。雄ジカや、タカもね」

「アナグマも！」とルーシーが言った。

「キツネも！」とエドマンド。

「ウサギも！」とスーザン。

でも翌朝になると雨がざあざあ降りで、窓の外を見ても、山並みも森も庭を流れる小川ですら見えなかった。

「こんなことだと思ったよ！」とエドマンドは言った。子どもたちは教授と一緒に朝食をとったあと、二階の部屋に戻ってきたところだった。教授が用意してくれたこの部屋は、細長くて天井が低く、ふたつの窓はそれぞれ別の方角を向いていた。

「ぶつぶつ言うのはやめなさいよ、エド」とスーザンが言った。「きっと一時間くらいで雨は上がるわ。それまでにやることなんて、ここにはたくさんあるじゃない。ラジオもあるし、本もたくさんあるでしょう」

「ぼくはパスだな」とピーターが言った。「代わりに、この家を探検することにするよ」

みんなはこの案に賛成し、冒険がはじまった。この家はどこまで行っても終わりにたどり着かないくらい広くて、予想もしないような場所だらけだった。まずはじめにいくつかのドアを開けてみると、四人の想像どおり、そこは客人用の寝室だった。だがすぐに、すごく奥ゆきのある部屋に出て、たくさんの絵が飾られ、一揃い（そろい）の鎧（よろい）が置かれているのが見えた。次の部屋は、カーテンからなにから緑色のものしかかけられておらず、すみっこにはハープがあった。そこから三段階段を降りて、五段階段を上がるとバルコニーに通じるドアがある、踊り場みたいな空間に出た。

その先はいくつもの部屋につながっていて、どの部屋にも書棚に本が並べられていた。たいていはとても古い本で、なかには教会で見る聖書より大きなものもあった。しばらくすると、大きな衣装だんすだけが置かれているがらんとした空き部屋を見つけた。扉の内側に鏡がついているそのたんすのほかには、窓台にアオバエの死骸がひとつ落ちているくらいだった。

「なんにもない部屋だな！」とピーターが言うと、子どもたちはぞろぞろと出ていった――ただ、ルーシーだけはちがった。彼女は、きっと鍵がかかっているはずだけど、衣装だんすの扉を開けてみてもいいかもしれないと考えていたのだ。驚いたことに、扉はいとも簡単に開き、そのひょうしに防虫剤がふたつ転がり落ちてきた。

中を覗くと、何枚かコートがかかっているのが見えた――ほとんどが丈の長い毛皮だった。ルーシーは毛皮の匂いや感触がなによりも大好きだったので、

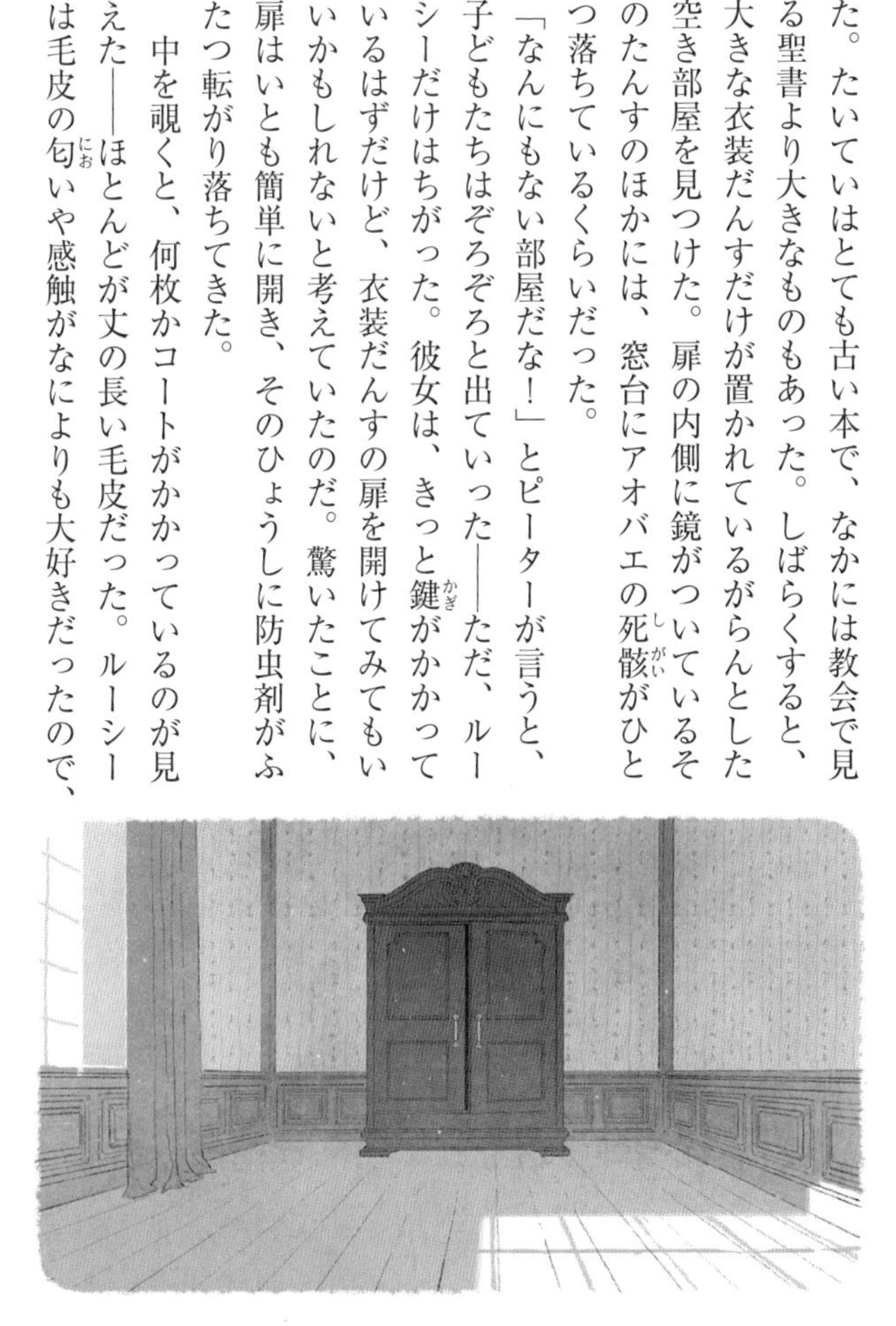

すぐに衣装だんすの中に入り込んで、コートに体を挟まれながら顔をこすりつけた。もちろん、扉は開けたままにしておいた。というのも、衣装だんすの中から扉を閉めて閉じ込められてしまうなんて、ひどく間抜けな子がすることだとわかっていたからだ。

もっと奥まで入っていくと、一列に並んだコートの奥に二列目があった。そこはほとんど真っ暗で、ルーシーは顔を奥の板にぶつけないように両腕を前に伸ばしながら進んでいった。もう一歩、さらにあと二、三歩前に踏み込んだ。そのあいだずっと、もう少しで指先がたんすの板に触れるだろうと思っていたが、なにも感じなかった。「なんて大きな衣装だんすなの！」そんなことを思いながらルーシーは、重なり合った柔らかいコートを押し分けて先に進んでいった。すると、足もとでなにかがパリパリと音を立てているのに気づいた。「ほかにも防虫剤があるのかしら？」身をかがめて手でその感触を確かめようとすると、硬くてなめらかなたんすの底板ではなく、柔らかくてさらさらした粉のような、ものすごく冷たいなにかに触れた。ルーシーは「なんだかすっごく変」とひとりごちながら、あと一、二歩前に進んだ。

次の瞬間、自分の顔と手に触れているのが柔らかい毛皮ではなく、硬くてごつごつ、チクチクするものになっているのに気づいた。「いったい何なの？　木の枝みたいじゃない！」ルーシーが声をあげたとたん、前のほうに光が見えた――衣装だんすの背板があるはずの十センチほど先ではなく、もっともっと先に。それに、なにか冷たくて柔らかいものが降ってきている。気づくとルーシーは、夜の森のなかに立っていて、足もとには雪が積もり、空からは雪がしんしんと降っていた。

ルーシーは少しびっくりしたけれど、同時に探求心がかき立てられて、わくわくもしていた。肩越しに振り返ると、暗い木の幹と幹のあいだからは、まだ衣装だんすの扉が開いているのが見え、もともといた空き部屋も少しだけ見えた（もちろん、ルーシーはたんすの扉を開けっ放しにするのを忘れなかった。中に入って扉を閉めて閉じ込められてしまうなんて、すごくバカな子がすることだとわかっていたからだ）。

あちらのほうはまだ昼間のようだった。「おかしなことになったら、戻ればいいんだしね」ルーシーはそう考えながら、かたい雪をざくざく踏みしめて、さっき前方に見えた光に向かって森を進みはじめた。十分ほどでたどり着くと、それは街灯の光だった。立ち止まって街灯をながめながらルーシーが、なぜ森の真ん中に街灯があるのかしら、これからどうすればいいのだろうと考えていると、パタパタと足音が近づいてくるのが聞こえた。するとすぐに、すごく奇妙な人物が木々のあいだから街灯の光のなかにひょこっと姿を現した。

彼はルーシーよりもほんの少し背が高く、雪が積もって白くなった傘をさしていた。腰から上は人間のようだが、脚はヤギのような形をしていて（つややかな黒い毛でおおわれていた）、足先の代わりにヤギのひづめが生えていた。しっぽもあったが、ルーシーははじめ気づかなかった。というのも、雪の上を引きずらないようにと、傘を持っているほうの腕にていねいにかけられていたからだ。首には赤い毛糸のマフラーを巻いていて、肌は赤みがかっていた。小さな顔は風変わりだが、どこか人が良さそうで、先のとがった短いあごひげを生やして髪は巻き毛だった。そして、おでこの両端の髪のすき間からは二本の角が突き出していた。

さっきも書いたように、彼は片方の手に傘を持っていたが、もう一方の腕には茶色い紙に包まれた荷物をいくつも抱えていた。雪景色のなかで小包を抱えている姿は、まるでクリスマスの買い物をしてきた帰りのようだった。この人物はフォーン（訳注：ローマ神話の森の神ファウヌス）で、ルーシーを見ると、あまりにもびっくりして、荷物をぜんぶ落としてしまった。

「こりゃあ、たいへんだ！」とフォーンは大声をあげた。

# 第二章
# そこでルーシーが見たものは

「こんばんは」とルーシーは声をかけた。でも最初フォーンは、落とした荷物を拾うのに大忙しで返事をしなかった。ようやく拾い終わると小さく頭を下げて、「いやはや、こんばんは、こんばんは」と言った。「失礼――立ち入ったことをお訊きするわけではないのですが、あなたはイヴの娘さんでいらっしゃいますか?」

「わたしはルーシーです」フォーンの言うことがよくわからないまま、ルーシーは答えた。

「でもあなたは……失礼ですけれど……女の子と呼ばれている方ではありませんか?」とフォーン。

「もちろん女の子ですよ」とルーシーは答えた。

「とすると、あなたは人間ですか?」

「もちろん人間です」と、若干まだ戸惑いながらルーシーは言った。

「いやはや、そうですか、そうですか」とフォーンは言った。「なんてぼくは間抜けなんだ！　でもこれまで実際にアダムの息子さんにもイヴの娘さんにも会ったことがありませんで。いやあ、嬉しい限りです。つまり……」そう言いかけて、フォーンは口をつぐんだ。まるでなにか意図せぬことを言ってしまいそうになって、思いとどまったみたいだった。「これはじつに喜ばしいことです」とフォーンはつづけた。「自己紹介させてください。ぼくはタムナスと申します」

「お会いできてとても嬉しいです、タムナスさん」

「それからひとつお尋ねしてもいいですかね、イヴの娘さんであるルーシーさん？」とタムナスさんは言った。「ナルニアにはどうやってお越しになったんです？」

「ナルニア？　何のことですか？」とルーシーは尋ねた。

「ここはナルニア国の領土なんですよ」とフォーンは言った。「いまぼくたちがいる場所、つまりこの街灯から東の海岸にそびえ立つケア・パラヴェル城までずっとね。あなたは……西の森からおいでになったんですか？」

「わたしは……空き部屋にあった衣装だんすの中を通ってやってきました」とルーシーは答えた。

「はあ！」とタムナスさんは、物悲しいとも言える声をあげた。「子どものフォーン

だったときに、もっと地理を頑張ればよかった。そうすればそうした不思議な国につ
いてもよくわかっただろうに。もう遅いですけどね」
「いやだ、国じゃないんですよ」と言いながら、ルーシーは笑ってしまいそうになっ
た。「ちょうどその後ろのほうにあるんです。きっとそのはずだけど……わたしにも
よくわからなくて。あっちはいま、夏なんです」
「一方のナルニア国は、冬です」とタムナスさんは言った。「ずっとそうで、永久的
に冬のままなんですよ。こうして雪のなかでお話していたら、二人とも風邪をひいて
しまいますね。いつまでも夏がつづく、はるか遠いアキヘヤ国の、イショダンスとい
う輝かしい街からいらしたイヴの娘さん。うちに来てお茶でもいかがです？」
「ありがとうございます、タムナスさん」とルーシーは答えた。「でも、もう戻った
ほうがいいような気がしてて」
「わが家はすぐその先なんですよ」とフォーンは言った。「あたたかい暖炉もありま
すし、トーストやいわしのオイル漬けや、ケーキもありますよ」
「それはご親切なこと」とルーシーは言った。「それじゃあ、あまり長くはお邪魔で
きないですけれど、少しだけ」
「イヴの娘さん、ぼくの腕をお取りくださいい」とタムナスさんは言った。「二人で一

緒に傘に入りましょう。そう、そんな感じ。さあ、いざ出発です」

　そうして気づくとルーシーは、生まれたときからの知り合いのように、この奇妙な生きものと腕を組みながら森のなかを歩いていた。

　それほど経たないうちに、岩だらけのがたがた道になり、短い坂を登ったり下ったりするようになった。小さな谷の底まで来ると、タムナスさんが急に横を向いたので、巨大な岩に突っ込んでいくのかとルーシーは思ったが、寸前で彼が洞窟の中へ連れて行こうとしているのだとわかった。

　中に入ったとたん、暖炉の火の明るさにルーシーは目をぱちぱちさせた。するとタムナスさんはかがみこみ、小さくてきれいな火箸で火の中から燃えている薪を取り出し、それを使ってランプに火をつけた。それから「すぐに準備しますからね」と言って、手際よくやかんを火にかけた。

　こんなにすてきな場所を訪れたのははじめてだわ、とルーシーは考えていた。そこは、小さいけれどからっと乾いた清潔な洞窟で、赤みがかった石づくりだった。床にはじゅうたんが敷かれていて、小さな椅子が二脚（「ひとつはぼく用、もうひとつは友だち用です」とタムナスさんは言った）、それからテーブルと食器棚と、暖炉をおおうマントルピースがあり、その上には灰色のあごひげをたくわえた、年老いたフォーンの絵が飾ってあった。部屋の一角にはドアがあって、きっとそこはタムナスさんの寝室へつづいているのだろうとルーシーは思った。

壁際には本がずらりと並んだ本棚が置かれていた。タムナスさんがお茶を用意してくれているあいだ、ルーシーは本の背表紙をながめていた。『山野の精シレノスの一生と文学』、『ニンフとその作法』、『人間と修道士と猟場番人〜民間伝承の研究』や、『人間は神話なのか？』などというタイトルが付いていた。

「さあ、どうぞ、イヴの娘さん！」とフォーンが声をかけた。

見ると、じつに見事なお茶の準備が整っていた。さっと茹でたおいしそうな茶色の卵がそれぞれにひとつずつ、いわしのオイル漬けをのせたトースト、バターを塗ったトースト、それからハチミツを塗ったトーストに、砂糖のアイシングがかかったケーキもあった。

ルーシーが食べるのに飽きてくると、フォーンは話しはじめ、森の暮らしについてのすてきな話をいろいろと聞かせてくれた。真夜中に行われるダンスに、泉に住んでいる精霊のニンフや樹木に宿っている木の精ドリュアスたちが現れて、フォーン一族と一緒に踊ったこと。つかまえると願いを叶えてもらえるという真っ白な雌ジカを追って、何日も狩りのパーティーがつづくこと、森の地面のはるか下のほうにある地下鉱山や洞窟で、こびとの赤ドワーフたちと一緒に宴会や宝探しをしたこと。それから、夏になって森の木々が緑になると、老いた山野の精シレノスが太ったロバに乗って彼らのもとを訪れたこと。時々ワインの神バッカスもやってきて、そうすると小川という小川では水の代わりにワインが流れ出し、森じゅうで何週間もお祭り騒ぎがつづいたこと。

「でもいまでは、年がら年じゅう冬なんです」とタムナスさんは暗い声で言った。そして気を取り直すかのように、棚の上に置いてあったケースからわらのようなものでできた不思議な形の小さな笛を取り出して、吹きはじめた。その音色を聴いていると、ルーシーは泣きたいような、笑いたいような、踊りたいような、眠たいような気分になった。はっとわれに返ったときには、おそらく何時間も経っていたにちがいない。

「ああ、タムナスさん。演奏の途中なのにごめんなさい。本当にすばらしい音色なんですけれど、もう帰らないといけないの。ほんの少しお邪魔するだけのつもりだったから」

「もういまさら遅いですよ」フォーンは笛を置いて、とても悲しそうに首を振りながら言った。

「え？」ルーシーはぎょっとして、思わず椅子から立ち上がってしまった。「どういうことですか？　すぐに家に帰らなくちゃ。みんな、わたしはどうしたんだろうって心配するだろうし」でも次の瞬間、ルーシーは叫んだ。「タムナスさん！　いったいどうしたの？」というのも、フォーンの茶色の目にみるみるうちに涙があふれてきて、頬を伝って鼻さきからポタポタと垂れてきたからだった。そしてついにタムナスさんは、両手で顔をおおっておいおいと泣きはじめた。

「タムナスさん！　タムナスさん！」とルーシーは途方に暮れて言った。「どうか、泣かないで！　どうしちゃったっていうの？　具合でも悪いの？　ああ、タムナスさん。なにがあったのか、教えてくれない？」でもフォーンは心が壊れてしまったみたいに、むせび泣いていた。ルーシーがそばに行って肩に腕を回し、ハンカチを貸してあげても、タムナスさんは泣き止まなかった。ただハンカチを受け取るとしきりと涙をふいて、びしょ濡れになるたびに両手でしぼっていたので、しばらくするとルーシーが立っていたあたりがじめじめと湿ってしまった。

「タムナスさんってば！」ルーシーは彼の肩をゆさぶりながら、耳元で大声で叫んだ。

「お願いだから泣くのはやめて！　もういいでしょう。恥ずかしくないんですか、あなたのようなりっぱな大人のフォーンがこんなに泣いて。いったい全体、なにが悲しくて泣いているんです？」

「うわん、おおん、うおん！」とタムナスさんは泣きながら叫んだ。「ぼくは、じつに悪いフォーンなんです。だから泣いているんですよ」

「あなたはちっとも悪いフォーンなんかじゃないわ」とルーシーが言った。「わたしは、とっても良いフォーンだと思いますよ。いままで会ったなかで、一番親切なフォーンだわ」

「ああ、うおん、あなたはなにもご存じないからそんなことをおっしゃるんです」タムナスさんは、しゃくりあげながら言った。「ぼくは悪いフォーンなんです。世界がはじまって以来、ぼくほど悪いフォーンはいないでしょう」

「でもいったい、なにをしたっていうんです？」とルーシーは尋ねた。

「ぼくの老いた父だったら」とタムナスさんは言った。「マントルピースの上にかかっているのが、父の肖像画なんですけれどね。父ならこんなことは絶対にやらなかったでしょうね」

「こんなことって？」とルーシーは言った。

「ぼくがしていることですよ」とフォーンは答えた。「白い魔女に仕えているんです。それがぼくの正体。白い魔女に使われているんですよ」

「白い魔女？　それは誰のこと？」

「誰って、ナルニア国をすっかり支配してしまった魔女です。年がら年じゅうこの国を冬にしてしまったのもそうです。いつも冬なのに、クリスマスは絶対にやって来ない。想像してもみてくださいよ！」

「なんてひどい話！」とルーシーは答えた。「でもタムナスさんは魔女になにをさせられているんです？」

「そこが一番ひどいんですよ」とタムナスさんは、うめくような低い声で言った。「ぼくの正体は人さらいなんです。ぼくのことを見てください、イヴの娘さん。森でいたいけな子どもを見つけると、その子からなにかされたわけでもないのに、親切そうなふりをして、自分の家がある洞窟に誘い込み、すっかり安心させて眠らせたあと、白い魔女に引き渡そうとする、そんなフォーンに見えませんか？」

「見えません」とルーシーは言った。「あなたはそんなことをする方じゃないわ」

「でも、実際はそうなんですよ」とフォーン。

「そうだとしたら」とルーシーは慎重に言葉を選んで言った（本当に思ったことを伝えたかったけれど、きつすぎる言葉は使いたくなかったからだ）。「とてもひどいことをしましたね。でもあなたはすごく反省しているみたいだし、もう二度と同じことはしないはずよ」

「イヴの娘さん、わからないんですか？」とフォーンは言った。「この話は、ぼくが、これまでやってきたことじゃないんですよ。いま、まさにこの瞬間にもやっていることなんです」

「え？」ルーシーの顔が真っ青になった。

「そして、あなたがその子どもです」とタムナスさんは言った。「白い魔女から命令があったんですよ。森でアダムの息子かイヴの娘を見かけたら、つかまえて引き渡すようにと。そしてあなたが最初に見つけた子どもだったというわけです。だから、ぼくは友だちになったふりをしてお茶に誘い、これまでずっとあなたが眠ってしまうのを待っていて、眠ったら彼女のところへ連れて行こうと思っていたんですよ」

「でもあなたはそんなことしないわ」とルーシーは言った。「ねえ、しないでしょう？　絶対に、絶対に、そんなことをしてはだめよ」

「もしそうしなければ」と言うと、タムナスさんはまた泣きはじめた。「必ず魔女に見つかってしまいます。そうしたら、ぼくはしっぽを切られて、角をのこぎりで切り落とされ、あごひげを引き抜かれてしまう。魔女が杖（つえ）をひと振りしたら、美しく割れたぼくのひづめは、みすぼらしい馬の割れ目のないひづめにされてしまうでしょうね。

それにもし魔女が尋常ではないくらい怒ったら、ぼくは姿を石に変えられ、彼女の恐ろしい館に並んでいる石像にされてしまいます。そうなったら、ケア・パラヴェルにある四つの王座が埋まるまで、そのままだ。いつそんな日が来るのかは誰にもわかりませんし、いつまでたっても王座は埋まらないかもしれないですけどね」

「タムナスさん、本当にお気の毒ですけれど」とルーシーは言った。「お願いですから、わたしを家に帰してもらえませんか」

「もちろん、帰して差し上げますよ」とフォーンは言った。「もちろんですとも。そうしなければなりません。ようやくわかりましたよ。あなたに会うまで、ぼくは人間がどういうものか知りませんでした。あなたを魔女に引き渡すなんて、できっこありません。こうしてあなたを知ってしまったのですからね。でもすぐにここを出なければなりません。あの街灯のところまでお送りしましょう。そこからアキヘヤ国のイシヨダンス街まで戻る道はおわかりですね？」

「ええ、もちろん」とルーシーは答えた。

「できるだけ静かに行かなければなりませんよ」とタムナスさんは言った。「森のあちこちに魔女のスパイがいますからね。彼女の味方をする木すらいるんですから」

二人はお茶の片付けもしないまま、立ち上がった。タムナスさんは前のようにまた傘をさすとルーシーに腕を貸し、二人は雪のなかへと出ていった。でも帰り道はフォーンの洞窟へ向かうときとはまったくちがった。二人はできるだけ速くこそこそと歩き、一言も口をきかなかった。タムナスさんはあえて一番暗い道を選んで歩きつづけた。そうしてふたたび街灯のところまでやってくると、ルーシーは心底ほっとした。

「ここからの帰り道はおわかりですね、イヴの娘さん？」とタムナスさんは言った。

ルーシーが木々のあいだをじっと見つめると、遠くのほうに昼間のような光が見えた。

「ええ」と彼女は言った。「衣装だんすの扉が見えるもの」

「そうしたら、できるだけ急いで帰ることです」とフォーンは言った。「そ、それから……ぼくがやろうとしていたことを、許していただけますか？」

「そんな、もちろん」とルーシーは心をこめてタムナスさんと握手をしながら言った。

「わたしのせいで恐ろしい仕打ちを受けませんように」

「ここでお別れです、イヴの娘さん」とタムナスさんは言った。「ハンカチはこのまま持っていてもよろしいでしょうか？」

「ええ、どうぞ！」ルーシーはそう言うと、遠くの日の光が見えるあたりを目指して全速力で走りだした。するとやがて、体をかすっていた硬い木の枝がコートの感触に代わり、足もとでざくざくと踏みしめていた雪が木の板に代わった。そうかと思ったら、ルーシーは衣装だんすから飛び出して、冒険がはじまる前にいた空き部屋に戻っていた。ルーシーは息を整えながら衣装だんすの扉を後ろでしっかり閉めると、あたりを見渡した。窓の外ではまだ雨が降っていて、廊下からはみんなの声が聞こえた。

「ここだよ！」とルーシーは叫んだ。「ここにいるよ！　戻ってきたの！　わたしは無事よ！」

## 第三章　エドマンドと衣装だんす

空き部屋から駆け出していったルーシーは、廊下でほかの三人を見つけた。そうして「わたしは無事よ」ともう一度言った。「ちゃんと戻ってきたから」

「いったい何のこと、ルーシー？」とスーザンが言った。

「え？」ルーシーはびっくりしてこう尋ねた。「わたしがどこにいるか心配してたんじゃないの？」

「ずっと隠れていたんだろう？」とピーター。「かわいそうな、ルー。隠れているのを誰にも気づかれないなんて！　探してもらいたいのなら、もっと長いこと隠れていなくちゃな」

「でも、何時間もずっといなかったのよ」とルーシーは言った。

それを聞いた三人は顔を見合わせた。

「おかしなことを言ってらあ！」とエドマンドが、バカにするように頭を指で叩（たた）きながら言った。「かなり、ここがやられてるな」

「どういうことなの、ルー？」とピーターが尋ねた。

「言ったとおりよ。朝食のあと、すぐに衣装だんすの中に入ったの。そうして何時間もずっと遠くへ行っていて、お茶をしたり、いろいろなことがあったの」

「変なこと言わないでよ、ルーシー」とスーザンが言った。「わたしたちはたったいまあの部屋から出てきたばかりじゃない。あんたも一緒にいたでしょ」

「ルーは変なことなんて言っていないさ」とピーター。「ただ面白おかしく話をしているだけ。だよな、ルー？　別にいいじゃないか」

「ちがうの、ピーター。作り話なんかじゃないのよ」とルーシーは答えた。「あれは……魔法のたんすなの。中には森があって、雪が降っていて、フォーンがいて、魔女がいて、そこはナルニア国って呼ばれていて……いいから、一緒に見てみて」

三人はわけがわからなかったが、ルーシーがひどく興奮しているので、一緒にさっきの部屋に戻ることにした。ルーシーはみんなの先頭を行き、衣装だんすの扉を勢いよく開けると「ほら！　中に入って自分の目で見てみてよ」と言った。

「なにをわけのわからないことを言ってるんだか……」と言いながら、スーザンは中に頭を突っ込んで、毛皮のコートをかきわけた。「どこにでもある、ただのたんすじゃない。ほら！　後ろの板も見えるし」

それからみんなでたんすに頭をつっこんで、コートをかきわけた。でもみんなが見たのは——ルーシーも確認したが——なんの変哲もないただの衣装だんすだった。森もなければ雪もなく、いくつかフックが付いたたんすの背板が見えるだけ。ピーターは中に入って後ろ側をコンコンと叩き、間違いなく板が硬いことを確かめた。

「うまいうそだったな、ルー」中から出てくるときにピーターが言った。「すっかりだまされたよ。それは認める。半分信じちゃったもんな」

「でも、うそじゃないのよ」とルーシーは言った。「絶対に、絶対にあったの。さっきまでは全然ちがったんだから。本当に本当。誓って言うよ」

「もういいって、ルー」とピーター。「ちょっとやりすぎだよ。冗談はそこまでだ。もうおしまいにしよう」

ルーシーは顔を真っ赤にさせて言い返そうとしたが、なにをどう言えばいいのかわからず泣き出してしまった。

それからの数日間、ルーシーはひどくみじめな気分だった。あの話はぜんぶ作り上げた冗談だったと言えば、すぐにみんなとは仲直りできただろう。でもルーシーはうそのつけない誠実な子で、自分が見たことは本当だったと確信していたから、冗談にはできなかった。ほかの子たちに、うそを——しかもくだらないうそを——ついていると思われているのもいやだった。年長の二人は、そんな気なしにルーシーを傷つけたが、エドマンドはいじわるなところがあって、今回もそうだった。ルーシーをあざ笑っては冷やかし、屋敷じゅうにあるほかの戸棚の中にもまた別の国を見つけたのかと、しつこく訊いてからかった。

しかも最悪なことに、その数日は、そんなことさえなければ楽しい日になっていたはずの良いお天気がつづいていた。子どもたちは朝から晩まで外で水浴びをしたり、魚釣りをしたり、木登りをしたり、ヒースの生えた野原で寝転がったりして過ごしていたが、ルーシーは心から楽しめなかった。そうして日々が過ぎていくと、また雨が降り出した。

その日は午後になっても雨が止む気配がなかったので、子どもたちはかくれんぼをすることにした。スーザンが鬼になると、すぐにほかの三人は隠れるために四方八方へ散った。ルーシーは例の衣装だんすがある空き部屋に行ったが、たんすの中に隠れるつもりはなかった。そんなことをすれば、またみんなにあの話を蒸し返されるだけだから。でもどうしても、もう一度中を見てみたかった。というのも、このときには自信もうルーシーですら、ナルニア国やフォーンは夢ではなくほんものだったとは、自信を持って言えなくなっていたからだ。屋敷はとても広くて複雑な作りで、隠れ場所には困らなかったから、たんすの中をもう一度見てからどこかほかの場所に隠れればよかった。

だが、ルーシーがたんすに手を伸ばしたとたん、外の廊下を歩く足音が聞こえた。そこでやむをえずたんすの中に飛び込み、背中の後ろで取っ手をつかんで扉を閉めた。完全に閉め切らなかったのは、たとえこれが魔法のたんすでなかったとしても、中に閉じ込められるのはひどく間抜けなことだとわかっていたからだった。

足音の正体はエドマンドだった。エドマンドが部屋に入ってきたとき、ちょうどルーシーは衣装だんすの中に隠れようとするところだった。それを見て、エドマンドは自分も中に入ってみることにした――隠れるのに格好の場所だと思ったからではなく、ありもしない国について話すルーシーを、また冷やかしてやろうと思ったからだ。エドマンドが扉を開けると、前に見たときと同じようにコートがたくさんかかっていて、防虫剤の匂いがして、真っ暗で、しいんとしていた。ルーシーの姿は見えない。

「ぼくのことを、つかまえに来たスーザンだと思ってるんだな」とエドマンドは心の中で思った。「だから奥のほうで、静かにしてるんだ」そうしてたんすの中に飛び込むと、扉をバタンと閉めた。それがどれだけ愚かなことか、忘れてしまっていたのだ。

それから暗闇のなかでルーシーを手で探りはじめた。ほんの数秒で見つかると思っていたが、驚いたことに見つからない。そこで、ふたたび扉を開けて、明かりを入れて中をよく見てみることにした。でも、今度は扉も見つからない。エドマンドは急に不安になって、あらゆる方向を手で乱暴に探りながら、こう叫んだ。「おい、ルーシー！　ルー！　どこにいるんだよ？　ここにいるのは、わかってるんだからな」

返事はなく、エドマンドは自分の声が奇妙な響き方をしているのに気がついた。たんすの中ではなく、外で話しているような音に聞こえる。それに、おもいがけず寒かった。一筋の光が見えたのは、ちょうどそのときだった。

「ああ、よかった」とエドマンドは言った。「扉が勝手に開いたんだな」そしてルーシーのことはどこへやら、エドマンドは光の方向へ向かって進んでいった。衣装だんすの扉が開いたと思い込んでいたのだ。しかし、空き部屋に出るとばかり思っていたら、うっそうと茂ったモミの木の暗い影から森の空き地へ足を踏み出していた。

足もとにはサクサクと乾いた音を立てる雪があり、木々の枝にも雪が積もっていた。頭上には晴れた冬の日の朝に見るような、淡い青空が広がっている。まっすぐ先には木と木のあいだから、ちょうど昇りはじめた真っ赤な太陽が鮮明に見えていた。あたりはしんと静まりかえっていて、この国で生きているものは自分以外にないと思えるくらいだった。木々のあいだにはコマドリやリスの姿すらなく、どの方向を見ても、はてしなく森が広がっていた。エドマンドは思わず身震いした。

そこでようやく、ルーシーを探していたのを思い出した。それに「ありもしない国」なんて言って、どれだけいやな気持ちにさせたかということも――ありもしない国どころか、こうして目の前にあるのだから。きっとルーシーはすぐ近くにいるはずだ。そう思ったエドマンドは、大声で叫んだ。「ルーシー！　ルーシー！　ぼくも来たよ、エドマンドだよ！」

だが、返事はなかった。

「これまでぼくがからかったことを怒っているんだな」とエドマンドは思った。自分が間違っていたのを認めるのはおもしろくなかったが、この寒くて静まりかえった見慣れない場所でひとりでいるのもいやだった。そこで、もう一度声を張りあげた。

「ねえ、ルーってば！　話を信じなくってごめんよ。きみが正しかったってわかったから、お願いだから出てきてよ。仲直りしよう」

それでも返事はなかった。

「まったく女の子ってやつは」とエドマンドはぶつぶつ言った。「ぷいっと怒ってどっかへ行っちゃって、謝っても聞いてくれないんだからなあ」エドマンドはもう一度あたりを見渡して、やっぱりここは好きになれないから、もう家に帰ろうと思いはじめた。だが、ちょうどそのとき、森のずっと奥のほうからなにかが聞こえてきた――鈴の音だ。耳を傾けると、その音はどんどん近づいてきて、やがて二頭のトナカイが引くソリが勢いよく姿を現した。

トナカイは小型のポニーくらいの大きさで、雪が白く見えないほど真っ白な毛をしていた。黄金色の枝のような角は、昇っていく朝日の光に照らされて燃えあがるように輝いていた。真っ赤な革のハーネスには、いくつも鈴がついている。ソリに座ってトナカイを操縦していたのは、立っても身長が九十センチくらいしかないだろう太ったドワーフだった。シロクマの毛皮を身にまとい、頭にはてっぺんから長い金色の房飾りがぶら下がっている赤いフードをかぶっていた。ひざが隠れるくらい長くて大きなひげは、ひざ掛け代わりになっていた。

そしてドワーフの後ろの、ソリの真ん中にある高くなった座席には、ドワーフとは似ても似つかない人物が座っていた――エドマンドがこれまで見たどんな女性よりも背が高いおごそかな貴婦人だった。彼女もまた、喉(のど)のあたりまで届く白い毛皮をまとっていて、右手には長くてまっすぐな黄金の杖を持ち、頭には同じく黄金の王冠を載せていた。顔は白く――ただ青白いというよりも、雪や紙や砂糖のアイシングみたいに真っ白で、唇だけが赤かった。そうしたことを除けば美しい顔立ちだったが、高慢で冷酷そうで、いかめしかった。

シャンシャンと鈴の音が響くなか、ドワーフが鞭をふるい、雪を両端から舞い上がらせながら滑り込んでくるソリというのは、じつに見ごたえのある光景だった。

「止まれ！」と貴婦人が言うと、ドワーフは急にグイッと手綱を引き寄せたので、二頭のトナカイは座り込みそうになった。でもすぐに体勢を整えると、口に咥えさせられたはみを噛んで、息を吐いた。凍てつく空気のなかで、二頭のトナカイの鼻息は煙みたいに見えた。

「おまえは何者だ？」と貴婦人は、エドマンドをまじまじと見つめながら言った。

「ぼ、ぼ、ぼくの名前は……エドマンドだ」とエドマンドはぎこちなく言った。彼女の目つきがいやだったのだ。

貴婦人は顔をしかめて「それが女王に対する口のききかたか？」と尋ねた。表情がさらに険しくなった。

「ごめんなさい、女王さま。そうだとは知らなかったんです」とエドマンドは答えた。

「ナルニア国の女王を知らぬだと？」と女王は叫んだ。「はん！　これからよく知らせてやろう。もう一度訊くが、おまえは何者だ？」

「おゆるしください、女王さま」とエドマンドは言った。「おっしゃる意味がわかりません。ぼくはまだ小学校に通っていて……少なくともちょっと前まではそうで……いまはお休み中で……」

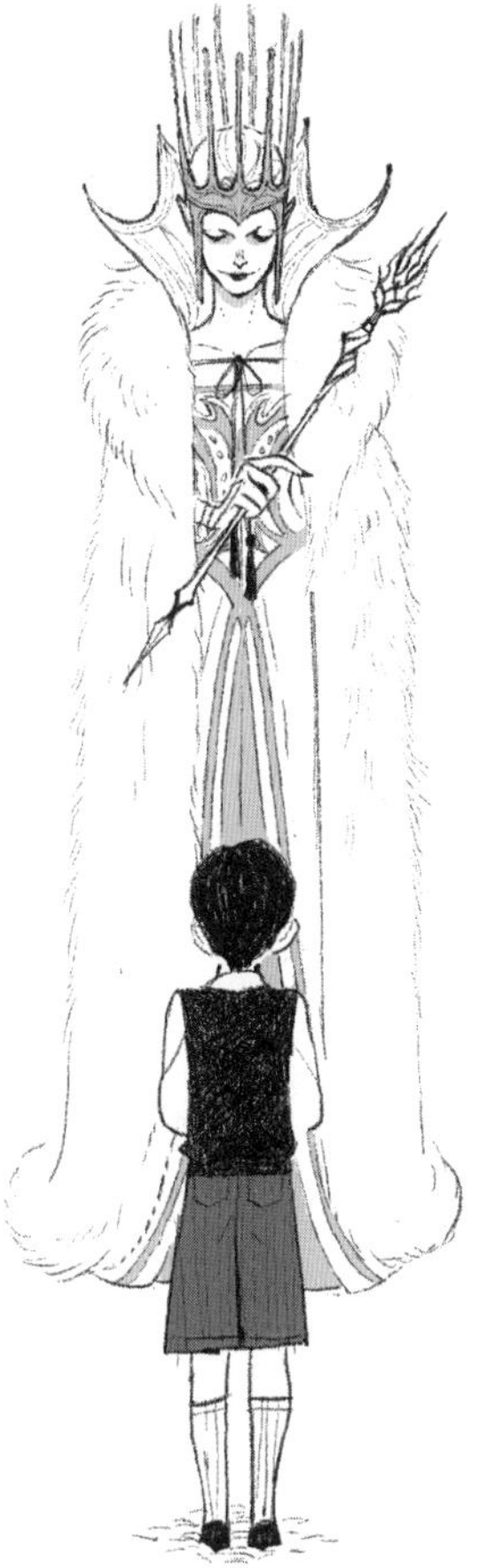

## 第四章

# 甘いターキッシュ・ディライト

「で、おまえは何者なのだ？」と女王はふたたび尋ねた。「育ちすぎたドワーフが、あごひげを切られたのか？」

「ちがいます、女王さま」とエドマンドは答えた。「ひげはありません。まだ男の子ですから」

「男の子だと！」と女王は言った。「つまり、アダムの息子か？」

エドマンドはなにも言わずに、立ち尽くしたままだった。頭が混乱していて、質問の意味がわからなかったのだ。

「何者かはさておき、おまえはどうしようもない愚か者のようだな」と女王は言った。「さあ、答えよ。あとにも先にもこれっきりだ。わたしをイライラさせるな。おまえは人間なのか？」

「そうです、女王さま」とエドマンドは答えた。

「わたしの領地にどのようにして入ってきた？」

「ああ、女王さま。衣装だんすを通ってきたんです」

「衣装だんすだと？　どういうことだ？」

「と、扉を開けたら、ここに来ていたんですよ、女王さま」とエドマンドは答えた。

「はん！」と女王は、エドマンドに言うというよりも、ひとり言のように言った。「扉か。人間どもの世界と通じる扉とはな！　たしかに、そんなような話を聞いたことがある。これですべてが崩壊するかもしれぬな。だがこやつひとりくらい、簡単に片付けられそうだ」

　そうつぶやきながら女王は立ち上がると、炎のように燃えたぎった目でエドマンドの顔をじっと見つめ、瞬時に杖をふりかざした。エドマンドはなにか恐ろしいことをされると思って身構えたが、一歩も動けなかった。もうだめだと諦めかけたとき、女王は考えを改めたようだった。

「おお、かわいそうに」女王はさっきまでとはまったくちがう声色で言った。「ひどく寒そうじゃないか！　わたしと一緒にソリに乗るがいい。わたしのマントをかけてやるから、話でもしよう」

　エドマンドはそんなことはちっともしたいと思わなかったが、従わないわけにいかなかった。そこでソリに乗り込んで女王の足もとに座ると、女王は毛皮のマントをエドマンドの体にかけて、すっぽり包みこんでくれた。

「なにか温かい飲みものでもどうだ？」と女王は言った。「欲しかろう？」

「ええ、それはもう、女王さま」とエドマンドは寒くて歯をカチカチ鳴らしながら言った。

　すると女王は、マントのすそから、銅のようなものでできたとても小さな瓶を取り出した。そしてソリから腕を伸ばすと、雪の上に中身を一滴垂らした。エドマンドは宙に浮いた水滴が、ダイヤモンドのように輝くのを見逃さなかった。それが雪の上に落ちたとたん、シューシュー音がして、宝石がはめ込まれたコップが現れた。中にはなにか飲みものが入っていて、湯気を立てている。すぐにドワーフはコップを手にとって、笑顔でおじぎをしてエドマンドに渡したが、とても感じの良い笑い方ではなかった。

　温かい飲みものをすすると、エドマンドはずいぶん気分がよくなった。それはこれまで味わったことのない飲みもので、とても甘くて、泡が立っていて、クリーミーで、つま先までしっかりと体を温めてくれた。

「なにも食べずに飲むのは、つまらぬだろう、アダムの息子よ」しばらくして女王が言った。「一番好きな食べものはなんだ？」

「ターキッシュ・ディライトという硬いゼリーのようなお菓子でございます、女王さま」とエドマンドは答えた。

女王が瓶から雪の上にもう一滴垂らすと、あっという間に緑のシルクのリボンがかかった丸い箱が現れた。開けると、最高級のターキッシュ・ディライトがたくさん詰まっていた。どれも甘くて、中まで軽い口触りで、エドマンドはこんなにおいしいものを食べたのははじめてだった。いまではもうすっかり体が温まり、心地よい気分になっていた。

エドマンドが食べているあいだ、女王はいくつも質問をしてきた。最初エドマンドは、口の中にものをいっぱいに入れたまま話すのは失礼ではないかと気にしていたが、そんなことはすぐに忘れてしまい、できるだけたくさんターキッシュ・ディライトを口に詰め込むことしか考えられなくなった。食べれば食べるほど、もっと食べたくなって、女王がなぜそんなに質問をしたがるのか考えもしなかった。

女王はエドマンドから、兄と二人の姉妹がいること、妹はすでにナルニア国に来たことがあって、そのときフォーンに会ったこと、きょうだい四人以外は誰もナルニアを知らないことを聞き出した。とりわけ女王はきょうだいが四人いることに興味を持ったようで、何度もそれについて話させた。「きょうだいは四人だけというのは、間違いないな？」と女王は尋ねた。「アダムの息子が二人と、イヴの娘が二人。それだけだな？」するとエドマンドは、口の中をターキッシュ・ディライトでいっぱいにしながら、こう答えた。「そうです。さっきも言ったでしょう」女王さま、と呼ぶのを忘れてしまっていたが、女王はそんなことはもう気にしていないようだった。

ついにターキッシュ・ディライトをぜんぶたいらげてしまうと、エドマンドは空になった箱をじっと見ながら、もっと食べるか？　と女王が言ってくれればいいのにと思っていた。ひょっとすると、女王はエドマンドがなにを考えているのか重々承知していたのかもしれない。エドマンドは気づいていなかったが、ターキッシュ・ディライトには食べた者がもっと欲しくなり、もしもっと食べてもいいと言われたら、死ぬまで食べつづけるようになる魔法がかけられていたからだ。だが女王はそれ以上は勧めず、代わりにこう言った。

「アダムの息子よ。おまえの兄と二人の姉妹とやらに、ぜひ会ってみたい。連れてきてはくれまいか？」

「やってみます」とエドマンドは、まだ空の箱を見つめながら言った。

「もしおまえが戻ってきたら――もちろん、三人を連れてきたらの話だが――もっとターキッシュ・ディライトをくれてやろう。しかしいまは、だめだ。あの魔法は一度しか使えないからな。わが館へ来れば、また使えるが」

「それなら、いまから行きましょうよ」とエドマンドは言った。はじめてソリに乗ったときは、女王にどこか知らない場所へ連れ去られて、戻ってこられなくなってしまうのではないかと怖がっていたのに、いまではその恐怖もどこへやらだった。

「じつに見事なところなのだ、わが館は」と女王は言った。「おまえもきっと気に入るだろう。ターキッシュ・ディライトだらけの部屋がいくつもあるし、そのうえ、わたしには子どもがおらぬからな。王子として育て、われ亡きあとにナルニア国の王になるような、いい男の子が欲しいのだ。王子のあいだは黄金の冠をかぶって、朝から晩までターキッシュ・ディライトを食べていればいい。おまえはわたしがこれまで見たなかでも、もっとも賢くてりっぱな子だ。おまえをぜひ王子にしたい。いつか、おまえがほかの子どもたちをわたしのもとへよこしたときにな」

「なんで、いまじゃないんです？」エドマンドが尋ねた。その顔は真っ赤で、口や指は砂糖でべたべたしていて、女王が言った「賢くてりっぱな子」からはほど遠かった。

「もしいまおまえを連れて行ったら、おまえの兄や姉妹に会えないではないか。わたしはおまえのすてきなきょうだいについて知りたくてたまらないのだ。おまえは王子に、そしていずれは王になる。それは約束しよう。しかし、王には臣下や貴族が必要だろう。おまえの兄は公爵に、姉妹は公爵夫人にしてやろう」

「あの子たちには、なんの取り柄もないですよ」とエドマンドは言った。「でも、とりあえず、またちがうときに連れてくることくらい、おやすい御用です」

「ああ、でも一度わが館に来たら、彼らのことはすっかり忘れてしまうかもしれないぞ。あまりにも楽しくて、きょうだいを迎えにいくのが億劫になってしまうかもしれぬ。いや、だめだ。おまえは自分の国に戻って、また改めてわたしを訪ねてくるがい い。きょうだいと一緒にな。わかるか。ひとりで来るのでは、なんの価値もあらぬぞ」

「でもぼくは、どうやって自分の国に帰ったらいいかすら、わからないんです」とエドマンドは粘った。「そんなのは、たやすいことだ」と女王は答えた。「あの街灯が見えるだろう？」そしてエドマンドが女王が杖で指した方向を振り返ると、ルーシーがフォーンと出会ったときにあったのと同じ街灯が見えた。「まっすぐ進んであの街灯を越えると、人間の世界に通じる。それから、今度はこっちを見よ」そう言って、女王は逆の方向を指した。「木々の上に、小さな丘がふたつそびえ立っているのが見えるか？」

「なんとなく……」とエドマンドは答えた。

「わが館はあのふたつの丘のあいだにある。次に来るときは街灯を見つけて、そこからふたつの丘を目指して森を抜けて来るがよい。だが、忘れるな。きょうだいを必ず連れてくるのだ。ひとりで戻ってきたら、わたしの怒りに触れることになるぞ」

「やれるだけやってみます」とエドマンドは答えた。

「それはさておき」と女王は言った。「その子たちに、わたしのことは伝えなくてよいからな。おまえと二人だけの秘密にしておいたほうが、楽しいじゃないか。驚かせてやろう。あのふたつの丘に連れてくればいい――おまえのように頭の良い子なら、連れ出す理由なぞ簡単に思いつくだろう――わが館に着いたら、『誰がここに住んでいるか見てみよう』とかなんとか言えばいい。それが一番だ。おまえの妹がフォーンに会ったことがあるのなら、その子はわたしについての奇妙な話を耳にしたはずだ――胸が悪くなるようなひどい話を聞いて、わたしに会うのを怖がるかもしれない。だが、フォーンどもは好き勝手言っているだけなのだ。それに……」

「ねえ、どうかお願いですから」エドマンドが急に言葉を挟んだ。「家に帰る途中に、もうひとつだけターキッシュ・ディライトをもらえませんか？」

「いや、だめだ」と女王は笑って言った。「次までおあずけとしよう」そう言いながら、女王はドワーフに合図を送ってソリを出すよう指示し、ソリで遠くに走り去りながらエドマンドに向かって手を振ってこう叫んだ。「また会おう！　次回だぞ！　忘れるな。すぐに戻ってこい」

エドマンドがじっとソリの行方を目で追っていると、誰かが自分の名前を呼ぶ声が聞こえた。あたりを見渡すと、森の別の場所からルーシーがこちらに向かってやってくるところだった。

「エドマンドじゃない！」とルーシーは叫んだ。「来てたのね！　ねえ、すてきなところだと思わない？　それに……」

「わかった、わかった」とエドマンドは言った。「きみが言っていたことは正しかったし、あれは本当に魔法の衣装だんすだった。謝ってほしいんだったら、謝るよ。でもこれまでいったい、どこに行ってたんだ？　あちこち探し回ったんだからな」

「エドマンドもここに来たって知っていたら、待っていたのに」ルーシーはあまりにも嬉しくなって、エドマンドのぶっきらぼうな話し方や、顔が紅潮して変なふうになっているのに気づかなかった。「親切なフォーンのタムナスさんのところでランチをいただいていたのよ。すごく元気そうで、わたしを逃がしてしまったことで白い魔女からおとがめを受けたりすることもなかったんですって。だからきっと、今回のことは魔女には見つからなかったし、これからも大丈夫だろうって」

「白い魔女？」とエドマンドは尋ねた。「誰のことだよ？」

「本当にひどい人なのよ」とルーシーは言った。「その人は自分のことをナルニア国の女王と呼んでいるんだけど、女王になる資格なんてこれっぽっちもないの。フォーンやドリュアスやナイアスやドワーフや動物たちはみんな――少なくとも良い心の持ち主たちは――とにかくその人のことを嫌ってる。その人は人間を石に変えられるし、あらゆるひどいことをするのよ。それに魔法が使えて、ナルニアを年がら年じゅう冬にしてしまったの。でもそれなのに、クリスマスは絶対に来ないんだって。トナカイが引くソリに乗っていて、手には杖を持っていて、頭には冠を載せてるの」

　エドマンドは甘いものをたくさん食べすぎて、胸がむかむかしていた。それに加えて、親しくなったばかりのあの貴婦人が危険な魔女だと知って、さらに気分が悪くなった。でもまだ、あともう一度だけでいいから、あのおいしいターキッシュ・ディライトを食べたいと、なによりも強く思っていた。

「誰からそんな話を聞いたんだよ？」とエドマンドは尋ねた。

「フォーンのタムナスさん」とルーシーは答えた。

「フォーンの言うことなんて、信じるもんじゃないね」とエドマンドは、ルーシーよりもフォーンをよくわかっているかのように言った。

「誰がそう言ったの？」とルーシーは尋ねた。

「みんな知ってることさ」とエドマンドは答えた。「誰にでも訊いて回ったらいい。でもこうして雪のなかで立っていたって、しょうがない。さあ、家に帰ろう」

「そうね、そうしよう」とルーシーは答えた。「ああでも、エドマンドもここに来られて嬉しい。こうしてわたしたちがここに来たことで、ピーターとスーザンにもナルニアのことを信じてもらえるね。これから楽しくなりそう！」

しかしエドマンドは密かに、自分にとってはそれほど楽しくはならないだろうと考えていた。ルーシーが正しかったことをみんなの前で認めなければならないし、話をすでに半分以上も魔女の味方をするだろう。でも自分はすでに半分以上も魔女の味方をしているのだ。エドマンドはなんと言ったらいいか、あるいはみんながいっせいにナルニアについて話しはじめたときに、どうやって自分の秘密を守ればいいかわからなかった。

このころまでにルーシーとエドマンドはもう、随分長い距離を歩いていた。すると突然、体に触れていた枝がコートに代わり、次の瞬間には二人とも空き部屋の衣装だんすの前に立っていた。

「ねえ？」とルーシーが言った。「顔色が本当によくないよ、エドマンド。具合でも悪いの？」

「大丈夫」とエドマンドは答えたが、実際はちがった。いまにも吐いてしまいそうな気分だった。

「じゃあ、行こう」とルーシーが言った。「ピーターとスーザンを探しに行くわよ。たくさん話すことがあるものね！　みんなで一緒にナルニアに行ったら、きっとすてきな冒険になるはずよ！」

## 第五章　扉のこちら側に戻ると

かくれんぼはまだつづいていたので、エドマンドとルーシーがほかの二人を見つけるのには少し時間がかかった。でもようやくみんなが揃うと（それは、鎧が置かれている奥ゆきのある部屋だった）、ルーシーはこうまくし立てた。

「ピーター！　スーザン！　あの話はぜんぶ本当だったの。エドマンドも見たんだよ。衣装だんすの中を通って行ける国があるの。エドマンドも行ったんだから。そこの森でばったり会ったのよ。さあ、エドマンド、二人に聞かせてあげて」

「いったいなにがあったんだ、エド？」とピーターは言った。

これから、この物語のなかでもとりわけひどいことが起きようとしている。そのときまで、エドマンドは食べすぎで胸がむかむかしていて、不機嫌で、ルーシーが正しかったことに腹を立てていたのだが、これからどうするかは決めていなかった。だが、ピーターが突然質問をしてきたものだから、瞬発的に、思いつく限りもっともひきょうで意地悪なことをしてしまった——ルーシーを裏切ったのだ。

「話してよ、エド」とスーザンが言った。

するとエドマンドは、ルーシーよりもずっと年上であるかのような、すごく偉そうな顔をして（実際二人の年齢は一歳しか変わらなかったが）、鼻先でせせら笑いながらこう言った。「ああ、そのことね。ルーシーとぼくは遊んでいたんだ。衣装だんすの中に国があるっていうルーシーの話は、ぜんぶ本当だってことにしてね。もちろん、ふざけていただけさ。だってあの中には、なんにもないいんだから」

かわいそうなルーシーは、エドマンドのほうをちらっと見てから、部屋を飛び出していった。

エドマンドはますますたちが悪くなっていき、しめしめうまくいったぞとばかりに調子に乗って、すぐにこうつづけた。「ほうら、またこのとおりさ。なんなんだよ、ルーシーは。だからお子ちゃまは困るんだよ、いつだって——」

「おい」とピーターは怒りをにじませながら言った。「いいから、だまれよ！　おまえはルーが衣装だんすについてよくわからない話をしはじめてからずっと、ひどいことばかりしてたよな。それなのに、今度はそれに乗っかって一緒になってふざけて、またルーに変なことを言わせてるのか。そんなのは、意地が悪いとしか言いようがないよ」

「でも、あんな話、ぜんぶでたらめじゃないか」エドマンドはあっけにとられて言い返した。

「もちろん、でたらめだよ」とピーターは言った。「そこが問題なんだ。ルーはぼくらが家を離れて疎開してくるまでは、なんの問題もなかった。でもここに来てから、頭が変になってしまったか、とんでもないうそつきになってしまった。どちらにしても、やじを飛ばしたり、文句を言ったりしていたと思ったら、次はあおるようなことをするなんて、おまえはどういうつもりだよ?」

「ぼくは、ぼくは……」とエドマンドは言いかけたものの、何とつづければいいのかわからなかった。

「おまえはなにも考えてないんだよ」とピーターは言った。「ただ意地が悪いだけ。自分よりも小さな子にいやがらせをして、楽しんでるんだろ。前だって、学校でそうしてるのを見かけたぞ」

「いい加減にしてよ」とスーザンが言った。「二人でケンカしたって、何にもならないでしょ。いいから、ルーシーを探しに行きましょうよ」

随分経ってからルーシーを見つけると、思ったとおり、ずっと泣いていたようだった。みんながなにを言っても同じだった。頑なに自分の話を信じていて、「どう思われたっていい。なにを言われたって気にしない。教授に告げ口してもいいし、母さんに手紙を書くとか、何でも好きにすればいいわ。でもわたしは、あそこでたしかにフォーンに会ったの。ああ、あっちに残って戻ってこなけりゃよかった。みんな、本当にひどいよ」と言いつづけた。

その夜は、なんとも言えない雰囲気だった。ルーシーはみじめな気分だったし、エドマンドは自分の計画が思いどおりに進んでいないことを気にしていた。そして、年上のピーターとスーザンは、ルーシーの頭がどうにかなってしまったのではないかと本気で心配していた。二人はルーシーがベッドに入ってしばらくすると、廊下でひそひそと話し合った。そして翌朝、教授のところへ行って、洗いざらい話すことにした。

「もし本当にルーがおかしいと思えば、教授は父さんに手紙を書いてくれるはずだ」とピーターは言った。「もう、ぼくらの手には負えないよ」

二人が書斎まで行ってドアをノックすると、教授の「おはいり」という声が聞こえた。教授は椅子から立ち上がると、子どもたちに椅子をすすめ、何でも話を聞こうじゃないかと言った。そうしてまた座ると、両手の指先を合わせたままじっと話に聞き入って、二人が話し終わるまで一度もさえぎらなかった。そのあとも、教授はかなり長いあいだ黙っていたが、やがて咳払いをして、ピーターとスーザンが考えてもいなかったことを口にした。

「でもどうして、妹の話がうそだってわかるんだい？」

「え、だって……」とスーザンはなにかを言いかけたが、言葉を飲んだ。年老いた教授の顔を見れば、彼が真剣そのものなのは一目瞭然だった。それからスーザンは気を取り直してこう言った。「でも、エドマンドは、ただ二人でふざけていただけだって言っていたんです」

「そこが重要なんだ」と教授は言った。「その点については、考えてみる余地がある。すごく慎重に考えてみなきゃならないよ。たとえば――こんな質問をして悪いけれど――きみたちの経験からすると、弟と妹のどちらのほうがより信頼に値すると考えられるんだい？　つまり、二人のうちどちらが正直者なんだろう？」

「それが、おかしなところなんです」とピーターは言った。「これまでは、絶対にルーシーだと思っていました」

「きみはどう思う？」教授はスーザンのほうを向いて尋ねた。

「そうですね、普段だったらピーターと同じです。でも森とかフォーンとかの話は、とうてい本当だとは思えなくて」

「それは私にもわからんよ」と教授は答えた。「ただ、ずっと正直だと思っていた人をうそつき呼ばわりするのは、ただならぬことだ。じつに重大なことなんだよ」

「わたしたちは、ルーシーがうそをついてすらいないんじゃないかって、心配しているんです」とスーザンは言った。「つまり、どこかおかしいんじゃないかって」

「正気を失っている、とでも言いたいのかな？」と教授は至極冷静な声で言った。

「ああ、それについては、そんなに深刻に考えることはない。顔を見て言葉を交わせば、あの子はおかしくなんかないとわかるからね」

「でも……」とスーザンは言いかけて、やめた。彼女は大人がそんなことを口にするなんて思いもしなかったので、困惑したのだ。

「論理（ロジック）なんだよ！」と、教授はなかば自分自身に言い聞かせるかのように言った。

「なぜ最近の学校では、論理学を教えないいんだ？　今回のことについては、三つの可能性しか考えられない。きみたちの妹がうそをついているか、おかしくなっているか、真実を言っているかのどれかだ。だが、きみたちは妹はうそをつかないと知っているし、あの子がおかしくなっていないのは明らかだ。ということはつまり、いまのところ、それ以上の証拠が出てこない限り、妹は真実を言っていると考えるべきじゃないのかね」

スーザンはじっと教授の顔を見たが、その表情から、彼がふざけているわけではないのはたしかだった。

「でもどうしてルーシーの言うことが本当でありうるんですか？」とピーターが言った。

「なぜそんなことを言う？」と教授は尋ねた。

「だって、もし本当なら、どうして衣装だんすに入っても、その国を見つけられないときがあるんです？　ぼくたちが中を見たときは、なにもなかったんですよ。そのときはルーシーだって、そこに国があるだなんて言いませんでした」

「それがどうしたって言うのかな？」と教授は訊いた。

「だって、もし本当にあるのなら、いつだってそこにあるはずでしょう？」

「それはどうかな？」と教授が言うので、ピーターはなんと言ったらいいかわからなくなってしまった。

「それに全然時間がなかったんですよ」とスーザンが言った。「もしそんな場所があったとしても、ルーシーが行って帰ってくるくらいの時間はなかった。わたしたちが部屋から出たそのすぐあとに、あの子は後ろから走ってついてきたんですから。一分もなかったはずです。でもあの子は、何時間もどこかへ行っていたって言い張るんです」

「それこそまさに、あの子の話が本当だという裏付けになるじゃないか」と教授は言った。「もしこの屋敷の中に、別の世界へ通じる扉があるとして（とても奇妙な家だということを予め警告しておこう。私ですら、ほとんどよくわかっていないところがあるのだから）、ルーシーが別の世界に入り込んでしまったのだとしたら、その世界には独自の時間軸があってもおかしくない。つまり、そこにどれだけ長く滞在しても、われわれの世界の時間は一秒も経過していないということはありうる。一方で、あの子くらいの年頃の女の子が、そんなことを思いつくとは考えられないだろう。もしルーシーが別の世界へ行ったふりをしているだけなら、ある程度のあいだ隠れてから、出てきてみんなに話したはずじゃないのかね」

「では教授は、本気でほかの世界があるって信じているんですか？　しかも、あちこちに？　たとえば、すぐそこにも？」とピーターは尋ねた。

「その可能性は大きい」と教授はメガネを外して磨きながら、こうつぶやいた。「いったい、最近の学校ではなにを教えているんだか」

「じゃあ、これからどうすればいいんです？」とスーザンは言った。話が逸れてきているように思ったのだ。

「お嬢さん」教授は急に顔を上げ、とても鋭い表情で二人を見つめた。「誰も提案しなかったが、試す価値のある方法がひとつだけある」

「なんです？」とスーザンは尋ねた。

「いらぬおせっかいはしないことだよ」と教授は答えた。そうして、教授との会話は終わった。

それ以来、ルーシーにとって、ものごとは良い方向へ進んだ。ピーターはエドマンドに妹をからかうのをやめさせ、ルーシーもほかの子たちも、衣装だんすの話をしなくなったからだ。むしろ、そのことは、口にするのをためらうような話題になった。それもあって、しばらくのあいだ冒険はこれで終わりかのように思えたが、そうはならなかった。

教授の屋敷は――教授自身ですら、ほとんどよくわかっていなかったが――かなり古くて有名な建物だったので、イギリスじゅうから見学したいという人々がやってきた。いわゆる、ガイドブックや歴史の本に出てくるような屋敷だったのだ。屋敷については、ありとあらゆるうわさが立っていて、なかにはいまこうして作者の私が書いている話よりも奇妙なものもあった。見物人たちが何組もやってきて、家の中を見せてほしいと言われるたびに、教授は承諾していた。すると家政婦のマクレディさんが案内してまわり、絵画や鎧や書斎にある貴重な本について説明するのだった。

マクレディさんは子どもが好きではなかったし、見物人たちに知っていることを最初から最後まで話して聞かせるあいだに、邪魔が入るのもいやがった。それで、子どもたちが屋敷に住むようになった翌朝には、スーザンとピーターに、「あたしがお客さまの案内をするあいだはいつも、邪魔にならないようにしてくださいね」と念をおしていた（マクレディさんは、そのほかにもたくさんのことを指示していたけれど）。「朝からよく知らない大人の集団にくっついてまわろうなんて、誰が思うんだよ！」とエドマンドは言い、ほかの三人もそう思っていた。だがそれが、二度目の冒険のはじまりとなった。

数日後の朝、ピーターとエドマンドが鎧をながめながら、どうにかしてばらばらにできたりしないものかと考えていると、スーザンとルーシーが部屋に入ってきた。

「たいへん！　マクレディさん御一行のお出ましよ！」

「早く、早く！」とピーターが言うと、四人はいっせいに部屋の突き当たりにあるドアから出ていった。でもその先の緑の部屋を抜けてその先の図書室に出ると、突然、前のほうから声が聞こえてきた。どうやら見物人たちを連れたマクレディさんは、子どもたちの予想に反して正面の階段ではなく、裏階段を上がってきているようだった。

それから先は、四人が動転していたのか、マクレディさんが四人をつかまえようとしていたのか、それともこの屋敷の魔法の力が働いて、彼らをナルニア国に追い込もうとしていたのかはわからないが、四人はどこまで行っても逃げ場がないように思われた。そうして、ついにスーザンが言った。「もう、なんなの、あの見物人たちは！あの人たちが通り過ぎるまで、衣装だんすのある部屋に入っていようよ。あそこだったら誰も追ってこないから」

ところが部屋の中に入ったとたん、廊下から声が聞こえてきて、そのうえ誰かがドアを開けようとする音までして、ドアノブが回るのが見えた。

「急げ！」とピーターは言った。「もうここに入るしかない！」そして衣装だんすの扉を思い切り開けた。四人はいっせいに中に転がり込み、真っ暗ななかでハーハーと息を切らせてしゃがみ込んだ。ピーターはたんすの扉をつかんで完全に閉まらないようにしていた。なぜなら、わきまえている人なら、たんすの中に閉じ込められたりなんてしないということを、覚えていたからだった。

# 第六章　森のなかへ

「マクレディさんが、さっさとあの人たちを連れてどこかへ行ってくれたらいいのに」しばらくしてスーザンが言った。「だってここ、ひどく窮屈なんだもの」

「しょうのうの臭(にお)いもひどいし！」とエドマンド。

「ここにあるコートのポケットの中に、たくさん入っているにちがいないわ。虫食いを防ぐためにね」とスーザンが言った。

「なんだか背中がチクチクするなあ」とピーターが言った。

「それに、寒くない？」とスーザン。

「そう言われると、寒いね」とピーター。「うわ、なんだこれ、濡(ぬ)れてるじゃないか。いったいどうなってるんだ？　なにか濡れているものの上に座ってるみたいで、どんどん濡れてくる」そう言うとピーターは、どうにかして立ち上がろうとした。

「ここから出ようよ」とエドマンドは言った。「きっともう、お客さんはいなくなっみんなはいっせいにどうしたのかと尋ねた。

「わたし、木に寄りかかっているみたい」とスーザンが言った。「それに、見て！　明るくなってきているわよ。ほら、あそこ」

「なんてこった、スーザンの言うとおりだ」とピーター。「あそこもあそこも、見てよ。そこらじゅうに木が生えてる。濡れているのは雪のせいだったんだ。どうやら、ぼくらはルーシーの言っていた森に入り込んでしまったようだな」

いまではもう間違いようがなかった。四人の子どもたちは、冬の日の光を浴びながら目をぱちぱちさせて立ちすくんでいた。後ろには何着ものコートが衣装だんすのフックにかけられているというのに、目の前には雪をかぶった木々が立っていた。

すぐにピーターはルーシーのほうを向いて言った。

「信じなかったことを謝るよ。本当にごめんな。仲直りのしるしに握手をしてくれる？」

「もちろん」ルーシーはそう答えて、ピーターの手を握った。

「それはそうと」とスーザンが言った。「これからどうするの？」

「うわあ！」と急にスーザンが叫んだので、みんなはいっせいにどうしたのかと尋ねた。

「どうするかって？」とピーターは答えた。「森を探検するに決まってるじゃないか」

「そんな！」スーザンは足を踏み鳴らして言った。「寒いったらないわ。だったらコートを着ていかない？」

「あれはぼくらのものじゃないだろう？」とピーターは疑わしそうに言った。

「そんなこと誰も気にしないわよ」とスーザン。「べつに家から持ちだそうって言っているわけじゃないんだし。そもそも衣装だんすの中からだって出さないんだから」

「ああ、そうか。そんなふうには考えなかったよ、スー」とピーターは言った。「なるほど、それなら納得だ。たしかに、もともとあった衣装だんすの中から出さなければ、誰もコートを盗まれたなんて言わないね。しかも、この国はすっぽり衣装だんすの中に入っているようだし」

　四人はすぐにスーザンの賢明な案を実行に移した。子どもたちにはコートが大きすぎて丈がかかとまで届いてしまい、王さまの着るローブみたいだった。でも、おかげでずいぶん温かくなったし、四人はお互いの新しい装い（よそお）を見て、こっちのほうがずっとかっこいいし、風景にもなじんでいると思った。

「北極探検隊ごっこができるね」とルーシーが言った。

「ごっこなんてしなくても、じゅうぶん面白いことになるさ」ピーターは、森へ向かって先に進みながら言った。頭上にはどんよりとした暗い雲がかかっていて、夜になる前にまた雪が降り出しそうだった。

しばらくしてエドマンドが「あのさあ」と口を開いた。「もう少し左に向かって歩いたほうがいいんじゃないかな。もし、あの街灯を目指すんだったらだけど……」その瞬間、彼はこの森を訪れるのがはじめてだというふりをするのを忘れてしまっていた。だからそう言ったとたん、しまったと思った。みんなは足を止めて、エドマンドをじっと見つめた。ピーターが口笛を吹いた。

「やっぱりここに来たことがあるんだな」とピーター。「ルーがここでおまえに会ったって言っていたときのことだろう。それなのにおまえはルーがうそをついているって、もっともらしく言ってたよな」

みんなは静まり返った。「おまえってやつは、なんて虫の好かないやつなんだ……」ピーターはそう言うと、肩をすくめて黙ってしまった。実際、それ以上言うことはなにもないように思えた。そうして、四人はまた歩きはじめた。しかし、エドマンドは心のなかで「みんな、覚えておけよ。お高くとまった、ひとりよがりの生意気なやつらめ」とつぶやいていた。

「それはそうと、いったいどこに向かってるの？」とスーザンは、話題を変えようとして尋ねた。

「ルーを先頭にしたほうが良さそうだな」とピーター。「そうするべきだ。どこに行こうか、ルー？」

「タムナスさんに会いに行くのはどう？」とルーシーは答えた。「前に話した、親切なフォーンのことよ」

　みんなはそれに賛成して、元気よく雪を踏みしめて歩きはじめた。ルーシーは実際、道案内がうまかった。最初は、道がわかるかどうか心配だったようだが、しばらくすると、前に見たことのある奇妙な形の木や切り株を見つけた。道ががたがたしている場所を通っていくと、やがて小さな渓谷にさしかかり、ついにタムナスさんが住む洞窟にたどり着いた。だがそこで四人を待ち受けていたのは、とんでもない光景だった。

　ドアは蝶番からねじり取られ、ばらばらにこわされていた。洞窟の中は暗くてひんやりしていて、何日も誰もいなかったような、じめじめと湿っぽい匂いがした。ドアから流れ込んできた雪が床にも積もっていたが、ところどころ黒いものが混じっていて、よく見ると、薪で火を焚いたあとに残った炭や灰だった。誰かが部屋じゅうにばらまいて、踏みつけたようだ。陶器は床でこなごなに割れていて、フォーンの父親の肖像画はナイフでめった切りにされていた。

「ひどいありさまだ。ここに来ても仕方なかったな」とエドマンドは言った。

「これは何だろう？」前かがみになりながら、ピーターが言った。じゅうたんの上から釘で床に打ち付けられた紙切れに気づいたのだ。

「なにか書いてある？」とスーザンが尋ねた。

「ああ。そうだと思う」とピーター。「でも、この暗さでは読めないな。外に出てみよう」

そうして四人は太陽の下に出て、ピーターを取り囲んだ。ピーターが読み上げた文章はこうだった。

この住居の前の住人であるフォーンのタムナスは逮捕され、ナルニア国の女王で、ケア・パラヴェルの主人であり、離れ島諸島などの女帝であられるジェイディス陛下に対する反逆罪、および同陛下の敵を歓待し、スパイをかくまい、人間と親交した罪で裁判にかけられることとなった。

秘密警察隊長　モーグリム
女王陛下ばんざい！

子どもたちは顔を見合わせた。

「やっぱり、この国のことを好きになれるかわからないわ」とスーザンが言った。

「ルー、この女王っていうのは何者なんだ？」とピーターは尋ねた。「なにか知ってる？」

「その人はほんものの女王じゃないよ」とルーシーは答えた。「『白い魔女』と呼ばれている恐ろしい魔女なの。森に住んでいる人たちはみんな嫌ってる。その人が魔法をかけたせいで、ナルニア国は年がら年じゅう冬になってしまったんだけど、それなのにクリスマスは絶対に来ないの」

「ねえ……このまま進んでいっても意味があるのかな」とスーザンは言った。「ここはあまり安全とは言えなそうだし、楽しいこともそれほどないみたい。どんどん寒くなってきてるし、わたしたち、なんの食べものも持ってきてないじゃない。そろそろ家に帰らない？」

「そんなことできっこないでしょ。帰るなんてだめよ」急に、ルーシーが言いはじめた。「わからない？　こんなことになってるのに、なにもしないでただ家に帰るなんてできないわ。だって、あのかわいそうなフォーンが困ったことになったのは、わたしのせいなんだから。あの人はわたしを魔女からかくまって、帰り道を教えてくれたの。『陛下の敵を歓待し、人間と親交した』っていうのはそのことなのよ。なんとかして、タムナスさんを助けなくちゃ」

「そりゃあ、やれることは山ほどあるだろうね！」とエドマンドが嫌味ったらしく言った。「食べものすらないっていうのに」

「いいから、おまえは黙れよ！」まだエドマンドにひどく腹を立てているピーターが言った。「スーザンはどう思う？」

「いやだけど、ルーシーの言うことが正しい気がする」とスーザンは答えた。「この先には一歩も行きたくないし、こんなところに来なければよかったって思うけど、その、何とかさんっていうフォーンを助けるために、なにかしなくちゃ」

「ぼくも同じ意見だ」とピーターが言った。「でも、食べものがないのは心配だな。いったん家に戻って貯蔵庫からなにか取ってくるって案に一票ってところだけど、一度この国から出たら、また戻ってこられなくなりそうだしなあ。ここは、前に進むしかないように思う」

「賛成」と女の子たちは声をそろえて言った。

「どこにそのかわいそうなフォーンが投獄されているのか、わかればいいんだけど！」とピーターが言った。

　みんなが次はどうしたらいいかを考えていると、ルーシーが口を開いた。「見て！　胸の真っ赤なコマドリがいる。ここで鳥なんてはじめて見た。ねえ！　ナルニア国の鳥は話ができるのかな？　なにかわたしたちに言おうとしているみたいじゃない？」

　ルーシーはコマドリのほうを向いて「お願いだから、フォーンのタムナスさんがどこに連れて行かれたか、教えてくれない？」と尋ねながら一歩近づいた。すると鳥はすぐに飛び立ったが、隣の木に移っただけだった。そこに止まって、まるで四人がなにを話していたかはぜんぶわかっているとでも言うように、彼らをじっと見つめている。思わず四人は鳥に向かって一歩、二歩と足を踏み出した。するとコマドリはまた隣の木に飛び移り、またしても四人をじっと見つめた（あんなに胸が赤くて、目が輝いているコマドリは、どこにも見つけられないだろう）。

「ねえ、あの鳥は本当に、ついてきてって言っているように思えるんだけど」とルーシーが言った。

「そうかもしれないわね」とスーザン。「ピーターはどう思う？」

「ついて行ってもいいかもしれないな」

　コマドリは事態をすっかりわかっているかのようだった。木から木へと飛び移っていったが、毎回、四人があとを追いやすいように数メートルしか進まなかった。こうして鳥は子どもたちを、少し下り坂になっているほうへと導いていった。コマドリが木に止まるたびに、枝から雪がシャワーのように舞い落ちた。頭上では雲が小さく分かれて冬の太陽が顔を出し、四人を取り囲む雪は目がくらむくらいまぶしくなっていった。

こうして、子どもたちが女の子二人を先頭に三十分くらい歩いていくと、エドマンドがピーターに言った。「偉そうにするのをやめてぼくと話をするっていうなら、耳に入れておいたほうがいいことがあるんだけどね」

「なんだって？」とピーターは尋ねた。

「しぃっ！　大声を出すなよ」とエドマンドは言った。「スーザンとルーシーを驚かしたって、いいことはないだろ。兄さんはさ、ぼくたちがいま、なにをやっているかわかってるの？」

「なにが言いたいんだよ？」とピーターは声を低くして、ささやくように言った。

「ぼくたちは正体のよくわからない者に案内されて、あとをついていっているってことだよ。あの鳥がぼくらの味方かどうかなんて、どうしてわかる？　ぼくたちを罠（わな）にはめようとしていたらどうするつもりだよ？」

「そんなのはひねくれた考え方さ。だって、コマドリだろう？　ぼくがこれまで読んだ物語に出てくるコマドリはどれも良い鳥だったよ。コマドリが悪者だなんてことはないさ」

「そう言うんなら、そもそも正しいのはいったいどっち側だ？　フォーンが正しくて、女王が悪いなんて（たしかに魔女だとは聞いたけど）どうしてわかる？　ぼくらはどちらのことも、よく知らないじゃないか」

「あのフォーンはルーシーを助けてくれたよ」

「フォーンがそう言っただけだろ。それが本当だなんて、どうしてわかる？　それにもうひとつ。どうやってここから帰ればいいか、わかってるの？」

「なんてこった！」とピーターは言った。「それは考えてなかった」

「しかも、昼ごはんにありつける見込みもないだろ」とエドマンドは付け加えた。

# 第七章　ビーバー夫妻との一日

　男の子たちが後ろのほうでなにやらひそひそ話していると、女の子たちが急に「あっ！」と言って足を止めた。

「あのコマドリ、飛んで行っちゃった！」とルーシーが叫んだ。するとコマドリはたしかにそのとおり、見えなくなっていた。

「これから、どうするんだよ？」エドマンドは、「ほら見たことか」と言わんばかりの顔でピーターを見て言った。

「しぃっ！　見て！」とスーザンが言った。

「なにを？」とピーター。

「木と木のあいだで、なにかが動いてる。左のほう」

　四人はいっせいにこれでもかというくらいに目を凝らして見たが、みな心穏やかではなかった。

「ほら、また」しばらくしてスーザンが言った。

「ぼくにも見えた」とピーター。「まだあそこにいる。あの大きな木の後ろに行っただけだ」

「いったい何のこと？」ルーシーが、できるだけ不安を声に出さないように尋ねた。

「何であれ、ぼくらをうまくかわしてる。姿を見られたくないんだよ」とピーターが答えた。

「もう家に帰ろうよ」とスーザンが言った。すると、誰も声に出していないのに、突然みんなは、前の章の終わりにエドマンドがピーターにささやいたことに気づいた――帰り道がわからなくなってしまったのだ。

「どんな姿をしているの？」とルーシー。

「ええと……動物みたいなんだけど……」とスーザンは口ごもり、「ほら見てみなさいよ！　早く、早く！　そこにいるから」と言った。

今度は四人全員が見た。毛でおおわれた顔にほおひげを生やしたなにかが、木の後ろからこっちを見ていた。でも今回は、すぐに後ずさりはしなかった。代わりにその生きものは、前足を口に持っていき、まるで人間が「静かにして」と誰かに合図するみたいな仕草をしたのだ。そして、またどこかへ行ってしまった。子どもたちはみな、息を飲んで立ちつくしていた。

　するとすぐに、その見慣れぬ生きものが木の後ろからぬっと出てきて、誰かに見られていないかと警戒するようにあたりを見渡して「しぃっ、静かに」と言った。そして自分が立っている、木がうっそうとしているあたりに来るよう、子どもたちに手招きをして、また姿を消した。

「わかったぞ」とピーターが言った。「あれはビーバーだ。しっぽが見えた」

「こっちへ来てって言っていたよね」とスーザン。「それに、音を立てるなって教えてくれてたわ」

「そうだね」とピーターは答えた。「問題は、行くべきかどうかだよな？　ルーはどう思う？」

「わたしはいいビーバーだと思う」とルーシーは言った。

「そんなのどうしてわかるんだよ？」とエドマンドが言った。

「いちかばちか、やってみるべきじゃない？」とスーザン。「ここで立っていても仕方ないし、おなかもすいたわ」

　ここで、ビーバーがまた木の後ろからひょこっと顔を出して、子どもたちに向かって熱心に手招きしはじめた。

「行こう」とピーターは言った。「やるだけやってみよう。みんなで離れずにいればいいんだ。もしあのビーバーが敵だったとしても、力を合わせればビーバー一匹くらいどうってことないさ」

そうして子どもたちは体を寄せ合いながら木のところまで歩いていき、後ろに回りこむと、思ったとおりそこにはビーバーがいた。だがビーバーはさらに後ずさりして、太くて低いしゃがれた声で子どもたちにささやきかけた。

「もっと奥へ、もっと奥へ。ほら、こっちですよ。ひらけた場所は危ないですから！」ビーバーは、四本の木が枝が重なり合うほど寄せ集まって生えていて、雪が降り込んでこないせいで、茶色のままの地面や松葉が見える暗い場所に四人を招き入れると、ようやく話しはじめた。

「あなた方はアダムの息子さんとイヴの娘さんたちですか？」

「そうなりますね」とピーターが言った。

「しぃぃっーー！」とビーバーが言った。「お願いですから、そんなに大声をあげないでください。ここだって安全とは言えないんですから」

「いったいなにを怖がっているんです？」とピーターは尋ねた。「ここには、ぼくらしかいないじゃないですか」

「木がたくさん生えているでしょう？」とビーバーは言った。「彼らはいつだって聞き耳を立てているんです。大半はわたしたちの味方ですが、裏切ってあの女に密告する木もいるんですから。誰のことを言っているか、おわかりになりますでしょう？」

そして、何回かうなずいた。

「誰が味方で誰が敵かって話をするなら」とエドマンドは言った。「あんたがぼくらの味方だってどうしてわかるんだよ？」

「失礼なことを言うつもりではないんですよ、ビーバーさん」とピーターが言葉を足した。「でも、ほら、ぼくらは出会ったばかりですからね」

「おっしゃるとおり、おっしゃるとおりです」とビーバーは言った。「証明できるものをお見せしますよ」そう言うと、ビーバーは小さくて白いものを掲げてみせた。突然のことにびっくりしながら四人が見ると、すぐにルーシーが「ああ、それはわたしのハンカチだわ。かわいそうなタムナスさんにあげたの」と言った。

「そうです」とビーバー。「本当にかわいそうなお方ですよ。つかまることを事前に嗅ぎつけて、これをわたしに預けられたんです。もし自分の身になにか起きたら、ここであなた方に会い、お連れするようにと……」そこでビーバーは声を潜めて黙り込み、一、二回、思わせぶりにうなずいた。それから子どもたちに、できるだけ自分の近くに集まるよう合図をしたので、四人は顔にビーバーのひげが当たってくすぐったくなるくらい近づいた。するとビーバーは低い声でこうささやいた。

「アスランが動きはじめたって噂(うわさ)があるんですよ。もしかすると、もう到着しているのかもしれません」

するとすごく不思議なことが起きた。読者のみなさん以上に、四人の子どもたちは誰も、アスランがいったい何者なのかをわかっていなかったが、ビーバーがその言葉を口にしたとたん、みんなのなかにこれまでとはまったくちがう感覚が生まれたのだ。

読者のみなさんも、夢のなかで経験したことがあるかもしれない。たとえば、誰かがよくわからないことを口にしているのに、夢のなかだと、なにかとてつもなく重要な意味を持っているように思えるというのに似ている。それが恐ろしい意味だと、夢は悪夢に変わってしまうし、言葉にできないほどすてきな意味だと、生涯忘れられず、また見たいと思うくらいとても美しい夢になるような――。このときの四人はまさにそうだった。

アスランという名前に、それぞれ心がどきっとするのを感じていた。エドマンドは、よくわからない恐怖を覚えたし、ピーターは、突然勇気が湧(わ)いてきて冒険したい気持ちになった。スーザンは、なにかおいしそうな匂いや楽しい音楽の旋律が、すぐそばを通り過ぎていったような気がした。そしてルーシーは、朝起きて、その日が長い休みや夏のはじまりであることを思い出したような気分になった。

「でも、タムナスさんはどうしたの？」とルーシーは尋ねた。「どこにいるの？」

「しぃぃっ」とビーバーは言った。「ここじゃだめです。きちんと話ができて、食事ができる場所へお連れしますから」

いまやエドマンド以外はみな、なんの問題もなくビーバーを信用していた。そしてエドマンドを含む全員が、「食事」という言葉を聞いてとても喜んだ。一行は新しくできた友だちのあとに急ぎ足でつづいた。ビーバーはびっくりするくらい早足で先を急ぎ、つねに森のなかでも木々が一番こんもりと茂っているあたりを選びながら、一時間以上歩いていった。

みんなが疲れ果てておなかがぺこぺこになったころ、突如として目の前の木々がまばらになり、急な下り坂になった。するとすぐに空が見えるひらけた場所に出て（太陽はまだ照っていた）、眼下に美しい景色が広がった。

そこは険しくて狭い渓谷の縁で、谷底には――凍っていなければ流れていたはずの――大きな川が見えた。川にはダムができていて、四人はそれを見たとたん、ビーバーはダムを作る習性があることを思い出して、これは、そばにいるビーバーさんが作ったものにちがいないと思った。だがビーバーさんは遠慮がちな顔をしていた――自分が作った庭を人に見せたり、自分が書いた物語を人に聞かせたりするときに、よく人が顔に浮かべる表情だった。そこでスーザンは社交辞令で「なんてすてきなダムなの！」と褒めた。するとビーバーさんは、今回は「しぃぃっ」とは言わず、「なになに、こんなの大したことありませんよ！　それにまだ完成していないんですから」と答えた。

ダムの上流には深い水溜(みずた)まりがあったはずが、いまは一面、深緑色の氷が張っていた。それだけでなく、ダムの下流のさらに下のほうにも氷が張っていたが、なめらかな氷ではなく、押し寄せてきた水がそのまま凍りついたかのように、水しぶきをあげた波の形に凍っていた。

ダムを越えて水が流れ落ちていたところや、ダムのあいだから水が吹き出していたはずのところは、キラキラ光るつららの壁になっていて、まるでダムの側面がすっかり、砂糖菓子の花やリースや花綱で飾られているみたいだった。ダムの真ん中あたりには、巨大なハチの巣のような形をした小さい奇妙な家があり、屋根に開いた穴から煙があがっていた。それを見たら（とくにはらぺこだったら）すぐに料理をしている様子が目に浮かんできて、もっと空腹を覚えるような光景だった。

　ほかの子たちはそうしたことにばかり気を取られていたが、エドマンドはちがうことに気づいていた。少し川を下ったあたりに、別の小さな渓谷から流れてきて合流している、別の小さな川があったのだ。

　エドマンドがその渓谷を見上げると、小さなふたつの丘が見えた。あれは前に街灯のところで別れたときに、白い魔女が指差して教えてくれたふたつの丘にちがいないと、エドマンドは思った。あのふたつの丘のあいだに、魔女の館（やかた）があるはずだ。ここからは二キロも離れていないだろう。すぐにターキッシュ・ディライトや、自分が王になることが思い出されてくると（「ぼくが王になったら、ピーターのやつ、なんて言うだろうな？」）、恐ろしい考えが頭に浮かんだ。

「さて、着きましたよ」とビーバーさんは言った。「どうやら妻がわれわれの到着を待ちわびているようです。こちらへどうぞ。すべらないように、足もとにお気をつけて」

　ダムの上は歩けるくらいの幅があったが、氷でおおわれていたので（人間にとっては）歩きやすいとはとても言えなかった。また、片側は深い水溜まりが凍ってダムと同じ高さになっていたけれど、もう一方は川の下流に向かってだいぶ落ち込んで下がっていた。

　ダムの上を一列になって歩きながら、ビーバーさんが子どもたちを川の真ん中まで連れてくると、そこからは川の上流や下流の遠い先まで見渡せた。そして四人がいるちょうどそのあたりが、家の入り口になっていた。

「ご到着だよ、おまえ」とビーバーさんは言った。「この方々を見つけたんだ。アダムの息子さんにイヴの娘さんたちだよ」そうして一行は家に入った。

　最初にルーシーが気づいたのは、かたかたかたかたという音だった。そしてまず目に入ってきたのは、優しそうなメスのビーバーが部屋のすみに座って、口に糸をくわえたままミシンを忙しく動かしている姿だった。聞こえたのは、この音だったのだ。子どもたちが入ってくると、すぐに彼女は仕事を中断して、立ち上がった。

「ああ、ようやくいらしたんですね！」とメスのビーバーは、しわしわの両手を握りしめながら言った。「待っていたんですよ！　生きているあいだにこの日がやってくるなんて！　おいもは茹だっていますし、やかんもしゅんしゅんいっていますよ。あなた、お魚を獲ってきてくれるわね？」

「ああ、そうしよう、おまえ」とビーバーさんは言って、家から出ていった（ピーターも一緒についていった）。そして深い水溜まりが凍った氷の上を歩いて、毎日手おので氷を割って小さな穴を開けている場所へと向かった。手桶も持ってきていた。ビーバーさんは強烈な寒さは気にならないようで、静かに穴のそばに座り込むと、穴の中をじっと見つめていたが、急にさっと手を突っ込んで、あれよと言う間にりっぱなマスをつかみ取った。何度かそれを繰り返すうちに、じゅうぶんな量の魚が獲れた。

　そのあいだ、女の子たちはビーバーのおばさんを手伝い、やかんに水を入れて、テーブルを準備して、パンを切って、オーブンにお皿を入れてあたため、家のすみに置いてある樽から、ビーバーのおじさんが飲むためのビールを大きなジョッキにたっぷりつぎ、フライパンを火にかけて油をあたためた。

　ビーバー夫妻の小さな家はタムナスさんの洞窟とはぜんぜんちがったが、すごくくつろげる家だなとルーシーは思った。本も絵もなく、ベッドの代わりに船で見るような寝棚が壁に作り付けられていた。天井からはハムや玉ねぎが吊り下がっていて、壁にはゴムの長靴やレインコート、手おのや刈りバサミ、クワやこて、しっくいを運ぶ道具や釣り竿、漁網や麻袋が置かれていた。テーブルクロスはとても清潔だったが、すごくごわついていた。

　ちょうどフライパンが良い感じにしゅーしゅー音を立てはじめたころ、獲った魚を手にピーターとビーバーさんが外でナイフで開いて、内臓を取り出してくれていた。獲りたての魚がフライパンにかけられて立ち込める匂いがどれだけおいしそうだったか、また、できあがるのを首を長くして待っていた子どもたちがどれほど空腹をつのらせていたのか、想像してみてほしい。

そうして、ようやくビーバーさんが「もうそろそろ、できるころだ」と言った。スーザンはじゃがいもを茹でたお湯を捨てると、空の鍋（なべ）にいもだけ戻して別のコンロでふかしいもにした。その合間にルーシーは、ビーバーのおばさんがマスを皿に盛り付けるのを手伝った。そうして数分のうちに、全員がそれぞれの椅子（いす）に背を正して座り（ビーバーの家には、暖炉の横に置かれている、ビーバーのおばさん専用の揺り椅子以外は三本脚の椅子しかなかったが）、食事にありつこうとしていた。

こっくりとしたミルクが入ったポットが子どもた

ちのために用意され（ビーバーのおじさんはビールばかり飲んでいた）、テーブルの真ん中には深い黄色をしたバターの大きな塊が置かれていたので、みんなは好きなだけじゃがいもにぬって食べた。子どもたちはみな（作者の私も同じ意見だが）三十分前にはまだ生きていた淡水魚を、食べる三十秒前にフライパンから出していただく料理に勝るものはないと思っていた。

魚を食べ終えると、ビーバーのおばさんはオーブンからりっぱなマーマレード・ロールを出してきて、みんなを驚かせた。ロールはベタベタしていて、湯気をあげるほどあつあつだった。ビーバーのおばさんは同時にやかんを火にかけていて、みんながデザートを食べ終えるとすぐに紅茶が飲めるようにしてくれた。お茶を飲み終わると、各々（おのおの）は椅子を後ろに引いて壁によりかかり、満足げに長いため息をついた。

「さてと」とビーバーのおじさんは、空になったビールジョッキを押しやり、紅茶の入ったカップを引き寄せながら言った。「いま、パイプに火をつけますから、少しお待ちいただいてと……さあ、大事な本題へと移りましょう。また雪が降ってきましたな」そうしてビーバーさんは窓の外に目をやった。「なおさら結構なことです。雪になれば訪ねてくる者はいませんし、それに、もし誰かにあとを追って来られても、足跡が見つからなくなりますからね」

# 第八章　食事のあとに起きたこと

「さあ、タムナスさんになにが起きたのか、教えてください」とルーシーは言った。

「ああ、ひどい話ですよ」とビーバーのおじさんは首を振りながら答えた。「あれは本当に、本当にひどい話だ。警察に連れて行かれたのは間違いありません。その場を目撃した鳥に聞いたんですよ」

「でもどこに連れて行かれたの？」とルーシーは尋ねた。

「最後に目撃されたときは、北のほうへ向かっていたそうですが、それがどういう意味かは、おわかりになりますね？」

「わからないわ」とスーザンは答えた。ビーバーさんは重々しく首を振った。

「残念ですが、魔女の館に連れて行かれたということだと思います」

「でもいったい、タムナスさんに、なにをしようっていうの？」とルーシーは恐怖で息を切らしながら尋ねた。

「そうですね、実際のところはわかりません。でもあそこに連れて行かれて戻ってきた者はほとんどいません。石像があるんです。そう、石像だらけなのだそうですよ。噂では、中庭にも階段にも、広間の中にも石像がたくさんあると。あの女が姿を……（そこでビーバーさんは口ごもると、ぶるっと身を震わせた）石に変えてしまった者たちです」

「でも、ビーバーさん」とルーシーは言った。「タムナスさんを助ける方法はないんですか？　とにかくなにかしなくちゃ。本当に恐ろしいことになってしまったけれど、ぜんぶわたしがいけないんです」

「できることなら、助け出したいわよね、お嬢さん」とビーバーのおばさんは言った。「でも、主（あるじ）である魔女の意に反して館に入り込み、生きて戻ってくるなんてことは絶対にできないんですよ」

「なにか作戦を立てられないかな？」とピーターが言った。「つまり、なにかに扮装（ふんそう）するとか、なにかのふりをするとか……もの売りとかになりすますのはどうだろう？　それか、魔女が外出するまで見張っているとか……あとは……ああ、なんてこった……なにかしらの方法はあるはずだろう？　あのフォーンは危険を冒してまで妹を助けてくれたんですよ、ビーバーさん。このまま放っておいて、そんな仕打ちを受けるのを見ているわけにはいかないんです」

「だめですよ、アダムの息子さん」とビーバーさんは言った。「よりによって、あなた方が行くなんて。でもいまはもう、アスランが動きはじめましたから……」

「そうだった！　アスランのことを聞かせてくださいよ！」何人かの子どもたちが声を揃えて言った。ふたたびあの不思議な感覚――春の最初の兆しを感じたり、良い知らせを聞いたりしたときのような感覚――が彼らを包み込んでいた。

「アスランとは何者なんです？」とスーザンが尋ねた。

「アスランですか？」とビーバーさんは言った。「ご存じないんですか？　アスランは王ですよ。この森の主ですが、いつもここにいらっしゃるわけではありません。わたしの時代や父の時代には一度もいらっしゃっていませんしね。でもアスランが戻って来られたという知らせが届いたんですよ。いまこの瞬間も、アスランはナルニア国にいるんです。アスランなら白い魔女をやっつけてくれるでしょう。タムナスさんを救い出すのは、あなた方ではなく、アスランです」

「あの人はアスランを石に変えたりはしないの？」とエドマンドは尋ねた。

「なんですって、アダムの息子さん。なぜそんな愚かなことを訊くんです！」とビーバーさんは大笑いしながら答えた。「アスランを石に変えるですって？　せいぜい、あの女は立ちつくしたまま、アスランの顔を見ているくらいしかできないでしょうな。いやはや。アスランはすべてを正してくれるんですよ、この地方に伝わる古い詩にあるようにね。

　アスランの姿に、過ち正され
　その雄叫びに、悲しみ消える
　牙むけば、冬、死を迎え
　たてがみふるえば、春、また訪れる

アスランの姿を見れば、すぐにわかりますよ」

「でもわたしたちはアスランに会えるのでしょうか？」とスーザンは尋ねた。

「もちろんですよ、イヴの娘さん。そのためにここにお連れしたんですから。あなた方をアスランに会える場所までお連れするのが、わたしの役目です」とビーバーさんは答えた。

「あの……アスランは人間なんですか？」とルーシーが尋ねた。

「アスランが人間かですって⁉」とビーバーさんは厳しい顔つきで言った。「そんなことあるわけがないでしょう。アスランは森の王で、海のかなたの国の偉大なる大帝のご子息なのです。百獣の王が誰だかご存じじゃないんですか？　アスランはライオンです。しかも、唯一無二のライオン、偉大なるライオンなんですよ」

「ええっ！」とスーザンは声を漏らした。「てっきり人間なのかと思っていました。ええと……アスランは……危険じゃないんですか？　ライオンに会うなんて、なんだか不安だわ……」

「そうでしょうとも、お嬢さん。そうなって当然ですよ」とビーバーのおばさんが口を挟んだ。「アスランの前に出ても脚が震えない者がいたら、よっぽど勇気があるか、ただの愚か者のどちらかですよ」

「つまり、アスランは危険ってこと？」とルーシーが言った。

「危険ですと？」とビーバーのおじさんが言った。「いま妻が言ったことを聞いていなかったんですか？　危険でないなんて言っていませんよ。もちろん、アスランは危険です。でも良い心をお持ちの方なのです。お伝えしたとおり、王なのですから」

「ぜひ会ってみたいな」とピーターが言った。「いざとなったら、怖くなってしまうかもしれないけど」

「そのとおりです、アダムの息子さん」ビーバーさんはそう言って、テーブルに手を振り下ろしたので、カップやお皿が、がちゃんと大きな音を立てた。「きっとそのとおりになるでしょう。できるなら明日、『石舞台』であなた方をアスランに会わせるようにと、通達が来たんですよ」

「それはどこなんですか？」とルーシーは尋ねた。

「お連れしますよ」とビーバーさんが答えた。「川を下った先で、そう遠くないですから。ご案内します！」

「でもそのあいだ、かわいそうなタムナスさんはどうするの？」とルーシーは言った。

「少しでも早く助けたいのであれば、アスランに会いに行くことです」とビーバーさんは答えた。「アスランと合流すれば、いろいろとできることがありますから。だからと言って、あなた方が必要でないということではないですよ。なぜって、もうひとつ、こんな古い詩もあるんです。

アダムの肉とアダムの骨が
ケア・パラヴェルの王座に就きし日
悪の時代は終わりを迎える

ですから、こうしてアスランとあなた方がナルニアにいらしたからには、悪い時代の終わりが近づいているのかもしれません。かつて、アスランがこのあたりにやってきたという話は聞いていています。昔のことですから、誰も正確にいつだったかはわかりません。でもあなた方の種族、つまり人間が来たのははじめてなんです」

「そこがよくわからないんですよ、ビーバーさん」とピーターが言った。「だって、魔女は人間じゃないんですか？」

「あの女がわたしたちにそう信じ込ませようとしているだけです」とビーバーさんは答えた。「自分は人間だからこそ、女王になれると言い張っている。でも、あの女はイヴの娘ではありません。あなた方の祖先であるアダムの……（ここでビーバーさんはおじぎをした）最初の妻、リリスの子孫なのです。彼女はジン（訳注：アラブ世界の魔神の総称）の一人でした。それが母親で、父親は巨人。ですから、あの魔女にほんものの人間の血は一滴だって流れちゃいないんですよ」

「だからあの女はとことん邪悪なのよね、あなた」とビーバーのおばさんが言った。

「そのとおりだよ、おまえ」とビーバーさんは返事をした。「人間については善人と悪人というふたつの見方ができるかもしれない（ここにいるみなさんを侮辱するつもりはないですがね）。でも人間のように見えて、実際は人間ではないものには、ふたつの見方などないんだよ、おまえ」

「でもあたしは、良いドワーフたちを知っていますけどね」とビーバーのおばさんが答えた。

「それなら、わたしもさ」とビーバーのおじさんは言った。「でも、そんなのは数少ないまれな存在だろう。それに彼らは人間と似ても似つかない。とにかく、わたしからの忠告は概ねこうです。人間になりそうだけど、まだなっていないもの、あるいは以前は人間だったけれど、いまはちがうもの、もしくは人間のはずだけど、じつはちがうものに出くわしたら、それから目を離さず、おのに手をかけておくことです。

とまあ、そういうわけで、魔女はいつもナルニア国に人間がいないか目を光らせているんですよ。これまで何年も監視していましたから、ここにあなた方四人がいるとわかれば、さらに危険なことをしでかすでしょう」

「四人いることがどう関係あるんです？」とピーターは尋ねた。

「もうひとつの予言があるんですよ」とビーバーさんは言った。「ケア・パラヴェルにね。この川の河口がある海岸に建っているお城のことで、本来であればこの国の首都になります。

ケア・パラヴェルには四つの王座があり、大昔から伝わるナルニアの言い習わしに、アダムの息子二人とイヴの娘二人がその四つの王座に就くと、白い魔女の支配が終わり、魔女の命も尽きるというのがある。だから、ここまで来る道のりも慎重にならねばならなかったのです。もし魔女にあなた方四人のことが知れたら、あなた方の命はわたしがひげをひと振りするよりもたやすく、奪われてしまいますからね！」

子どもたちはみな、ビーバーさんの話に熱心に耳を傾けていたので、長いあいだほかのことに気を留めていなかった。ビーバーさんが説明を終えて、そのあとに沈黙がつづくと、ルーシーが急にこう言いだした。

「ねえ、エドマンドはどこ？」

一瞬恐ろしい間が空き、それからみんなはいっせいに尋ねはじめた。「最後にエドマンドを見たのは誰？」「いなくなってから、どれくらい時間が経つ？」「外にいるのかな？」それから全員でドアまで走っていき、外を見渡した。

雪がしんしんと降っていて、水溜まりが凍った緑の氷は、ぶ厚い白い毛布の下にすっかり姿を消し、小さな家が建っているダムの中心からは、どちらの川岸もほとんど見えなかった。外に出ていくと、子どもたちの足首は柔らかい新雪にすっぽりと埋もれてしまったが、みんなで家のまわりを歩いてありとあらゆる方向を見て回った。

「エドマンド！　エドマンド！」子どもたちは声がかれるまで叫びつづけた。しかし、しんしんと降る雪に声はかき消され、こだますら返ってこなかった。

「なんて恐ろしいこと！」とうとう、みんながあきらめて戻ってくるとスーザンが言った。「ああ、こんなところ、最初から来るんじゃなかった」

「いったいこれからどうしたらいいんですか、ビーバーさん？」とピーターは尋ねた。

「どうするって？」と、すでにスノーブーツを履きかけていたビーバーさんは言った。「どうするもなにも、一刻も早くここを出るんですよ。無駄にする時間はありません！」

「四組に分かれて探したほうが良さそうだな」とピーターが言った。「それぞれちがう方向を探そう。エドマンドを見つけたら、すぐにここに戻ってきて――」

「分かれて探すですって、アダムの息子さん？」とビーバーさんは言った。「なんのために？」

「なにって、エドマンドを見つけるために決まっているでしょう！」

「探したって無駄ですよ」とビーバーさん。

「どういうことですか？」とスーザンが尋ねた。「まださほど遠くへは行っていないはずです。なんとしてでも、エドマンドを見つけなくちゃ。探すのは無駄だっていうのは、どういう意味です？」

「探しても仕方がないんです」とビーバーさんは言った。「それは、あの子がどこに行ったか、もうわかっているからですよ！」子どもたちは仰天して顔を見合わせた。

「わからないんですか？」とビーバーさん。「白い魔女のところに行ったんですよ。わたしたちを裏切ったんです」

「まさか！」とスーザンは言った。「そんなこと、エドマンドにはできないわ」

「そうですかな？」とビーバーさんは言って、三人の子どもたちをじっと見つめた。すると三人は言いたいことが言えなくなってしまった。というのも、それぞれ心のなかで、エドマンドは裏切ったのだと急に確信したからだ。

「でも、弟に道がわかるんですか？」とピーターは尋ねた。

「エドマンドは前にナルニアに来たことがあるんですよね？」とビーバーさんは尋ねた。「ひとりで来たんですか？」

「ええ」とルーシーが、ささやくような声で答えた。「そうだと思います」

「そのときになにをしたとか、誰に会ったとか話していましたか？」

「いいえ、なにも」とルーシー。

「それなら、わたしの言うことをよく聞いてください」とビーバーさんは言った。「彼はすでに白い魔女に会ってあの女の味方となり、あの女の住処（すみか）を教えてもらったのでしょう。こんなことをお話ししていいものか、ためらっていましたが（エドマンドはあなた方のごきょうだいですしね）、わたしは彼をひと目見たときから、心のなかでこう思っておりました。この子は油断ならないぞ、と。なぜなら魔女と会って、あの女の出した食べものを口にした者の目をしていたからです。ナルニアに長く住んでいると、わかるようになるんだ。目に表れるんですよ」

「それでもやっぱり」とピーターはむせぶような声で言った。「エドマンドを探しにいかなくちゃ。虫の好かないやつだけど、ぼくらにとってはきょうだいなんだから。まだ小さいしね」

「魔女の館に行くって言うの？」とビーバーのおばさんが言った。「ああ、わからないの？　エドマンドを救うにも、あなたたちの命を守るにも、唯一の手段はあの女から離れることなのよ？」

「どういうことですか？」とルーシーは訊いた。

「だって、魔女の望みはあなた方四人をつかまえることなんですよ（あの女の頭のなかから、ケア・パラヴェルの四つの王座が離れることはないんですから）。四人全員が館に入ってしまえば、魔女の思うつぼじゃありませんか――あっという間に、石像コレクションに四体が加わることになりますよ。でもまだいまは、エドマンドしか手に入っていないのだから、とうぜん、生かしておくでしょうね。おとりとして使おうとするはずです。あの子を使ってあなた方三人をつかまえようってね」

「ああ、誰か助けてくれる人はいないの？」とルーシーは泣きながら訴えた。

「それができるのは、アスランだけです」とビーバーのおじさんは答えた。「だから、アスランに会いに行かなくちゃなりません。それがわれわれに唯一残されたチャンスです」

「ねえみなさん、あたしには、いつ、エドマンドが抜け出したのかを知るのは、とても重要なことのように思えるんですけどね」とビーバーのおばさんが言った。「どれだけの話をあの子が聞いていたかによって、魔女に話す内容が変わってくるでしょう？たとえば、あたしたちがアスランの話をする前にあの子はもういなかったのかしら？そうであれば、問題ないでしょうね。魔女にはアスランがナルニアに来ていること、あるいはあたしたちがアスランに会いに行こうとしていることは伝わらないんですから。そうであれば、魔女の警戒は緩まることになるわ」

「アスランの話をしていたときに、エドマンドがいたのかどうかは……」と言いはじめたピーターを、ルーシーがさえぎった。

「いたよ。たしかにいたわ」彼女は哀しげな声で言った。「覚えていないの？　魔女はアスランを石に変えられないのかって尋ねたのは、エドマンドだったじゃない」

「ああ、そうだった」とピーター。「まさにあいつの言いそうなことだな！」

「ますますよろしくないですね」とビーバーのおじさんは言った。「次に確認したいのは、アスランと会う場所が石舞台だってわたしがお伝えしたときに、エドマンドがいたかどうかです」

もちろん、この質問に答えられる者はいなかった。

「もし彼がいたとしたら」とビーバーさんはつづけた。「魔女はその方向にソリを飛ばして、わたしたちと石舞台のあいだで待ち伏せし、わたしたちをつかまえようとするでしょう。そうしたら、われわれはアスランから切り離されてしまう」

「でも、それはもっとあとの話かもしれないわよ」とビーバーのおばさんが言った。「あの女のことですからね。エドマンドがあたしたちの居場所を伝えたらすぐ、魔女は今夜にでもつかまえにやってきますよ。あの子がいなくなって、もうすでに三十分くらい経つのなら、あと二十分もすれば魔女がここにやってくるでしょうよ」

「そのとおりだ、おまえ」とビーバーさんが言った。「すぐにここから逃げよう。ぐずぐずしている暇はないぞ」

# 第九章 魔女の館

さて、言わずもがな、読者のみなさんはエドマンドはいったいどうなったのか知りたいことだろう。彼はビーバー夫妻の家で自分の分の食事はたいらげたものの、心からは楽しめずにいた。頭のなかはターキッシュ・ディライトのことでいっぱいだったからだ――悪い魔法がかかった食べものの記憶ほど、普通の食べもののおいしさを半減させるものはない。

エドマンドはみんなの会話も聞いていたが、それも楽しめなかった。心のなかでは、ほかの人たちが自分に目もくれず、冷たい態度を取っていると思っていたからだ。実際はそんなことはなかったのだが、エドマンドにはそう思えた。彼はビーバーさんがアスランの話を子どもたちにしはじめ、アスランと石舞台で落ち合うという計画を話すところまで聞いていた。そして音を立てないようにそろそろと、ドアに吊るされたカーテンのかげに滑り込んだのだ。ほかの子どもたちは、アスランの名前を聞いてなんとも言えないすばらしい気持ちになっていたが、エドマンドはなんとも言えない恐ろしさを感じていた。

ビーバーさんが「アダムの肉とアダムの骨」についての古い詩を披露するあいだ、エドマンドは静かにそっとドアノブを回した。そして、ビーバーさんが白い魔女は人間ではなく、半分ジンで半分巨人なのだということを話しはじめる直前に、雪が降りしきる外へ出て、慎重にドアを閉めたのだった。

読者のみなさんは、こんな話を聞いても、エドマンドが「ピーターたちなんか、みんな石にされてしまえばいいんだ」と思うほど悪い子だったとは思わないでいただきたい。彼はただ心底ターキッシュ・ディライトが食べたくて、王子（のちの王）になりたくて、虫の好かないやつ呼ばわりしたピーターに仕返ししてやりたくってたまらなかっただけなのだ。魔女がきょうだい三人をどうするのかについては、とくべつ良くしてやってほしいとは思っていなかった――まさか自分と同じように扱うなんてとんでもないとも思っていた。でも同時にどうにかして、魔女はそれほどみんなにひどいことはしないと信じよう、あるいは信じているふりをしようとしていた。

「だって」とエドマンドは心のなかで思った。「あの人についてひどいことを言う人たちはみんなあの人の敵だから、その半分は真実ではないはずだ。あの人はぼくにはすごく親切だった。ピーターたちよりもずっとね。あの人はちゃんとした女王にちがいない。なんにしたって、恐ろしいアスランなんかよりずっといい人だ！」エドマンドは少なくともそうやって、自分の行動に対して言い訳をしていたが、それは良くできた言い訳ではなかった。というのも、エドマンドも心の奥底では、白い魔女が悪者で残酷だとわかっていたからだ。

外に出てまず最初に気づいたのは、しんしんと雪が降っているのに、ビーバー夫妻の家にコートを置いてきてしまったことだった。もちろん、いまさら家の中には戻れない。次に気づいたのは、もう少しで日が暮れるということだった。みんなが食事にありついたのは午後三時ちかくで、冬の日は短いのだ。エドマンドはそれを頭に入れていなかったが、こうなった以上、できるだけのことをするしかなかった。そこで、シャツの襟を立ててダムの上をすり足で進みながら（幸運なことに雪が降っていたので、そこまで滑らなかった）、川の向こう岸まで行った。

向こう岸にたどり着いたころには、状況はかなりひどくなっていた。あたりはますます暗くなり、さらにどこを見ても雪が渦を巻くように降っていて、一メートル先すらほとんど見えない。それに、道という道もなかった。

エドマンドは深い雪の吹きだまりに埋まり、凍った水たまりで滑り、倒れた木の幹につまずき、急な土手を滑り落ち、すねを岩で擦りむきながら進んで行ったので、全身がびしょ濡(ぬ)れになって凍え、体じゅうがあざだらけになった。

あたりは恐ろしいほど静まりかえっていて、孤独だった。実際のところ、エドマンドは計画をぜんぶ諦(あきら)めてもと来た道を戻り、自分の間違いを認めてほかの子どもたちと仲直りしようとしただろうと、作者の私は思っている――「ぼくがナルニア国の王になったら、まず最初にきちんとした道路を作ろう」という考えさえ思い浮かばなければ。それからエドマンドは王になったらやりたいことをいろいろと考えはじめ、気持ちを高ぶらせた。どんな城を構え、車は何台持ち、自分専用の映画館を作って、鉄道を走らせ、ビーバーがダムを作るのを禁ずるためにはどんな法律を作ろうかと想像をふくらませ、ピーターにでしゃばらせないための戦略をあれこれ考えていると、空もようが変わった。

まず、雪がやんだ。それから風が立ち、さらに凍えるほど寒くなったのだ。最後に、雲が流れて月が顔を現した。その夜は満月で、あたり一面の雪が明るく照らされるとまるで昼間のように明るくなった。ただ、影になっている部分だけが歩きにくくてやっかいだった。

もうひとつの川にたどり着いた時点で月が出ていなければ、エドマンドは道がわからなかっただろう。もうひとつの川とは、覚えている読者もいると思うが、（子どもたちが最初にビーバー家に到着したときに）エドマンドが見た、下流のほうで大きな川に合流していたもう少し小さな川のことだ。

その合流地点にたどり着いたエドマンドは、今度は川沿いを歩いて上っていこうとしていた。川の水が流れてきている小さな渓谷は、これまで歩いてきたところよりも傾斜が急で、岩がごつごつしていて、茂みでおおわれていたため、暗闇（くらやみ）のなかでは前に進めなかっただろう。月明かりの下でも、枝の下をくぐったり、滑り落ちてきた大量の雪を背中に受けたりして、エドマンドは全身ずぶ濡れになってしまった。そのたびに彼は、ぜんぶあいつのせいだとばかりに、ますますピーターを憎むのだった。

ようやくエドマンドはより地面がなだらかで、渓谷がひらけているところにたどり着いた。そして、川の反対側のかなり近く――ふたつの丘のあいだにある小さな平原の真ん中――に、白い魔女の館とおぼしきものを見つけた。月はさらにこうこうと輝いていた。こうして見ると、館は小さな城のようだった。小塔みたいな形をした建物ばかりで、しかも先端が針のように鋭くて長い。まるで、学校でできの悪い子がかぶせられるとんがり帽子か、魔術師の帽子みたいだった。塔は月明かりの下で輝いていて、雪の上に奇妙な長い影をいくつも映し出していた。エドマンドは急に、この館が恐ろしくなった。

しかし、引き返すにはもう遅かった。彼は凍った川を渡り、館のほうへ向かった。あらゆるものが微動だにせず、わずかな音さえ聞こえなかった。自分の足音ですら、高く積もった新雪に埋もれて消えてしまった。エドマンドはどんどん歩きつづけ、建物の角を次々と曲がり、いくつもの小塔を通過しながら入り口を探した。一番遠くの先までたどり着くと、ようやくドアが見つかった。巨大なアーチにりっぱな鉄門がついていたが、扉は大きく開いていた。

エドマンドはアーチにそろそろと近づくと中庭を覗(のぞ)き込んだ。そこで目にした風景に、もう少しで心臓が止まるところだった。門の近くの月明かりが照らし出している場所に、巨大なライオンがいたのだ。いまにも飛びかかろうという勢いで、身構えている。すっかり怖気(おじけ)づいたエドマンドは、アーチの陰で立ちすくみ、膝(ひざ)をがくがくふるわせて、前に進むことも戻ることもできずにいた。あまりにも長いあいだそうして立っていたので、恐怖を感じていなかったとしても、寒さで歯がカチカチ鳴りだしそうだった。いったいどれくらいそうしていたのかは作者の私にもわからないが、エドマンドには何時間にも感じられた。

そうしてようやく、エドマンドはなぜライオンがそこから動かずにじっとしているのかと考えはじめた――はじめに目にしてから一センチも動いていないからだ。そこでエドマンドは、少しだけ近づいてみた――とはいえ、できるだけアーチの陰から出ないように気をつけていたのだが。すると、ライオンの立ち位置からは、自分のほうがまったく見えないことがわかった（「でも、こっちに首を傾けたら、どうなるんだ？」とエドマンドは思った）。実際、ライオンはなにか別のものをじっと見つめていた。それは一メートルくらい離れたところで、ライオンに背中を向けて立っている小さなドワーフだった。

「そうだ！」とエドマンドは心のなかでひらめいた。「ライオンがドワーフめがけて飛びかかった瞬間に、逃げればいいんだ」でもいまだにライオンは動こうとせず、ドワーフも同じだった。

そこでようやくエドマンドは、白い魔女がつぎつぎに生きものを石に変えてしまうとビーバーたちが言っていたのを思い出した。

もしかするとこれはただの石のライオンかもしれない。そう思ったとたん、ライオンの背中と頭のてっぺんに雪が積もっているのに気づいた。なんだ、やっぱりただの石像じゃないか！　生きている動物なら、体に雪を積もらせたりなんてしないのだから。飛び出してしまうくらい心臓を高鳴らせながら、エドマンドはゆっくりとライオンに近づいていった。それでもまだ、あえて触れる勇気はなかったが、ついに手を伸ばしてほんの少し触ってみた。だが、指先に触れたのは冷たい石だった。エドマンドはただの像に怯(おび)えていたのだ！

エドマンドはあまりにもほっとしたせいか、寒さにもかかわらず、急につま先まで全身が温かくなるのを感じた。同時に、最高にすばらしい考えが浮かんだ。「これは、みんなが話していた、偉大なるライオンのアスランかもしれないぞ。あの人はすでにアスランをつかまえて、石に変えてしまったんだ。ピーターたちはアスランのことをあれだけあてにしていたけれど、これでぜんぶおしまいだ！　ふん！　アスランなんて大したことないじゃないか」

エドマンドはそこに立ったまま、勝ち誇ったような顔で石のライオンを見つめていた。だがしばらくして、とても愚かで幼稚なことをやった。ポケットから短くなった鉛筆を取り出して、ライオンの上唇にひげを、目のまわりにメガネを描きはじめたのだ。そうして「でーきた！　哀れな老いぼれアスランめ！　石にされてどんな気分だ？　あんた、強いんじゃなかったのか？」とからかった。しかし、落書きをされても、石にされた百獣の王は恐ろしく、また悲しそうで、しかも気高い顔で月を見上げたままだったので、エドマンドはからかってはみたものの、たいして愉快な気分になれなかった。そこで背を向けて、中庭を歩きはじめた。

中庭の中央までやってくると、何十体もの石像がそこらじゅうに立っていた——チェスの対局の途中で、盤の上に駒が並んでいるみたいにあちこちに、石になったサテュロス、オオカミ、クマ、キツネ、ヤマネコがいた。女性のような形をした美しい石像もあったが、それは木の精だった。大きなケンタウロスや、翼の生えた馬、長くしなやかな体をした生きものの石像もあって、エドマンドはきっとこれは竜だなと思った。どれもみんな、まぶしくて冷たい月明かりに照らされて、まるで生きているかのようだった。

でも、微動だにせず立っている姿はあまりにも奇妙で、中庭を通って歩くのは薄気味悪かった。ちょうど真ん中には、巨大な人間のような像があったが、木と同じくらい背が高く、どう猛な顔をしていて、もじゃもじゃのひげを生やし、右手には大きなこん棒を持っていた。エドマンドはそれがただの石でできた巨人で、生きているわけではないとわかっていても、その前を通るのは気が進まなかった。

中庭の向こう側にある入り口から、淡い光が差し込んでいるのが見えた。そこまで行ってみると石の階段があって、その先のドアが開いていた。エドマンドは階段を上っていった。ドアの先には、大きなオオカミが寝そべっていた。

「大丈夫、大丈夫」エドマンドは自分にそう言い聞かせていた。「ただの石のオオカミじゃないか。襲ってなんてこないさ」そうして脚を上げてオオカミの上をまたごうとした瞬間、巨大なオオカミが起き上がり、背中の毛をいっせいに逆立てながら、赤い大きな口を開けてうなるような声で言った。

「誰だ？　誰がいる？　動くな、よそ者。名を名乗れ」

「すみません」とエドマンドは、震えてほとんど聞き取れない声で言った。「ぼくはエドマンドといいます。アダムの息子で、女王さまとは森でお会いしたことがあります。ぼくのきょうだいがいま、ナルニアにいるという知らせを伝えようと思ってやってきたんです。しかもかなり近いところまで来ていて、ビーバーの家にいるんですよ。女王さまはぼくのきょうだいに会いたがっていました」

「女王陛下に伝えよう」とオオカミは言った。「そのあいだ、ここでじっとしていろ。命が惜しければな」そして、館の中へ消えていった。

エドマンドは立って待っていたが、寒さで指がかじかんで痛くなり、心臓が高鳴っていた。しばらくすると、魔女の秘密警察隊長であるハイイロオオカミのモーグリムが飛び跳ねるように戻ってきて、言った。「さあさ、どうぞ中へ！　女王陛下のお気に入りという幸運な方……まあ、そんなに幸運とは言えないかもしれないが」

エドマンドは、オオカミの足を踏まないようにじゅうぶん注意しながら中に入っていった。

するど、たくさん柱が並んだ奥ゆきのある暗い広間に出た。そこは中庭と同じように石像だらけだった。ドアに一番近い像は、とても悲しげな表情を浮かべた小さなフォーンで、エドマンドはルーシーの友だちかもしれないと、ふと思った。唯一の明かりはひとつのランプで、そのすぐ近くに白い魔女が座っていた。

「やってきました、女王さま」とエドマンドは、はやる思いで前に進みながら言った。

「なぜおまえひとりなのだ？」と魔女は恐ろしい声で言った。「ほかの子どもたちを連れてこいと言われたのを忘れたか？」

「そうは申しましても、女王さま」とエドマンドは言った。「できる限りのことはしたんです。すごく近くまでは連れてきました。あの子たちは川の上流のダムの上にある小さな家に、ビーバーの夫婦と一緒にいます」

するど、ゆっくりと魔女の顔に残酷な笑みが広がった。

「おまえの持ってきた知らせは、それがすべてか？」と魔女は尋ねた。

「ちがいます、女王さま」とエドマンドは答え、ビーバーの家を出る前に聞いたことを洗いざらい伝えた。

「なんだと！　アスランが？」と女王は叫んだ。「アスランとは！　それはまことか？　もしおまえの言うことが偽りなら……」

「そ、そんなことはありません。ぼくはただ、き、聞いた話を繰り返しているだけなんですから」とエドマンドは言葉に詰まりながら言った。

でも女王はもはやエドマンドのことなど眼中になく、手を叩いた。すぐに、前に女王と一緒にいたドワーフが現れた。

「ソリの準備を」と魔女は命じた。「それから、ハーネスは鈴が付いていないものを使え」

# 第十章　弱まりはじめた魔法

さて、ここでいま一度、ビーバー夫妻と三人の子どもたちの話に戻るとしよう。ビーバーさんが「ぐずぐずしている暇はない」と言うと、みんなはすぐにコートを着はじめたが、ビーバーのおばさんだけは、大きな袋を集めてテーブルに並べながらこう言った。「さあ、あなた。あのハムを取ってちょうだい。あのお茶も、お砂糖も、マッチもね。あとは誰か、あのすみにある陶器の壺から、ふたつ、みっつパンを取ってきてくれないかしら」

「いったいなにをしているんですか?」とスーザンが叫んだ。

「みんなのために荷物を準備してるのよ、お嬢さん」とビーバーのおばさんは涼しい顔で言った。「食べるものを持たずには旅に出られないでしょう?」

「でも時間がないんですよ!」とスーザンは、コートの襟のボタンをとめながら言った。「すぐにでも魔女がやってくるかもしれないんですから」

「そのとおりだよ、おまえ」とビーバーのおじさんも同調した。

「バカなことを言いなさんな」とビーバーのおばさんは言った。「よく考えてみてくださいよ、あなた。魔女が来るまで、少なくとも十五分はあるでしょう」

「でも、できるだけ早く出発して、先を急いだほうがよくありませんか？」とピーターが言った。「魔女より先に石舞台に着くことが重要なんですから」

「そうですよ、おばさん」とスーザン。「魔女がここを見ればすぐ、わたしたちが出発したのがわかるし、そうすればすぐに猛スピードで追いかけてきますよ」

「そりゃあ、そうでしょうね」とビーバーのおばさんは言った。「でもなにをしたって、魔女より先に着くことはできないわ。だってあの女はソリに乗っていて、あたしたちは歩くんでしょう？」

「それじゃあ、望みはないってことですか？」とスーザンが尋ねた。

「いい子だから、がたがた言わないの」とビーバーのおばさんは言った。「それよりも、引き出しからきれいなハンカチを六枚取ってちょうだい。もちろん望みはありますよ。魔女より先には着かないけれど、見つからないようにはできる。向こうが考えもしないような道を行けば、なんとかなるかもしれないわ」

「そのとおりだよ、おまえ」とビーバーさんは言った。「でも、もうここを離れないと」

「あなたまで、騒ぎ立てないでくださいよ」とビーバーのおばさんは言った。「そう、これでいいの。荷物が五つ。一番小さいのは、このなかで一番体が小さい人が持つの。そう、あなたよ」そう言ってビーバーのおばさんはうなずきながら、ルーシーを見た。

「ねえ、お願いですから急いで」とルーシーが言った。

「そろそろ準備が整いますよ」夫にスノーブーツを履くのを手伝わせながら、ようやくビーバーのおばさんが答えた。「ミシンは重すぎて、持っていけないわよね、あなた？」

「そりゃあそうだよ、おまえ」とビーバーさんが答えた。「どう考えても、重たすぎるよ。まさか逃げているあいだに、ミシンを使おうなんて考えているんじゃあるまいね、おまえ？」

「魔女にミシンをいじられるって考えるとたまらなくて」とビーバーのおばさんは言った。「それに、壊されたり盗まれたりしたらどうしたらいいの。きっとそうなってしまうんでしょうけど」

「ああ、本当にもうお願いですから、急いで！」と三人の子どもたちは声を張った。

ようやく全員が外に出て、ビーバーさんが家の鍵をかけ（「そうすれば、少しでも魔女が中に入るのを遅らせられるからね」と彼は言った）、みんなはそれぞれの荷物を肩に担いで出発した。

一行が歩きはじめたころには雪はやみ、月が顔を出していた。みんなは一列になって歩いていた——先頭はビーバーのおじさんで、次がルーシー、それからピーターとスーザンがつづき、最後がビーバーのおばさんだった。ビーバーのおじさんはみんなを連れてダムを渡って川の右岸へ行き、岸辺の木々のあいだを抜けるかなり足場の悪い道を進んでいった。両側には月明かりに照らされた渓谷の壁が、はるか上のほうまで塔のようにそびえ立っていた。

「できるだけ低いところを歩くほうがいい」とビーバーのおじさんは言った。「ソリではここへ下りてこられないから、魔女は高いところを行くしかないんですよ」

あたりの景色は、座り心地のよい肘かけ椅子から窓の外を見ているのであれば、とても美しく思えたはずだった。こんな状況でも、ルーシーは最初、景色を楽しんでいた。しかし、さらに歩いて、歩いて、担いだ荷物がますます重たく感じられるようになると、このまま頑張りつづけられるかどうか不安になってきた。そして、氷の滝がかかっている凍った川のめまいがするほどの輝きも、木々に積もった真っ白な雪の塊も、らんらんと光る大きな月も、数え切れないほどの星々も見ることをやめ、目の前を歩くビーバーのおじさんの短い脚が、いっこうに止まる気配を見せずに雪をざくざくと踏みしめる様子しか目に入らなくなった。

やがて月が姿を消し、雪がまた降りはじめた。とうとうルーシーがすっかりくたびれて、もう少しで眠ってしまいそうになると、突然、ビーバーさんは川岸から右へ曲がり、傾斜の激しい上り坂をのぼって、茂みが濃くなっているほうへ向かいはじめた。ルーシーが完全に目をさますと、ちょうどビーバーさんは土手に開いた小さな穴の中に消えていくところだった。それは茂みに隠れていて、真上から見ないとそこにあるのがわからないような穴だった。目の前で起きていることにルーシーが気づいたときには、もうすでにビーバーさんの短くて平たいしっぽしか見えなかった。

ルーシーはすぐに身をかがめて、あとを追うように這って中に入っていった。後ろのほうからも、這いながらハーハーと息を切らす音が聞こえてきて、五人全員が穴の中に入った。

「ここはいったい何なんだ？」暗闇のなかで、疲れ切ったピーターの青ざめたような声が聞こえた（青ざめたような声がどんなものか、読者のみなさんにおわかりいただけるといいのだが）。

「苦境のときに昔から使われてきた、ビーバーのための隠れ家なんですよ」とビーバーさんは言った。「ここのことは絶対に秘密です。あまり広くはないですが、まずは少し眠って休んだほうがよさそうだ」

「出発するときに、あんなに文句を言われなかったら、枕も持ってきたのにねえ」とビーバーのおばさんがつぶやいた。

タムナスさんの洞窟とくらべるとそこまですてきな場所じゃないな、とルーシーは思った。地面にただ穴を掘っただけの洞窟だったが、じめじめはしておらず、土の匂いがした。とても狭かったので、みんなが横になると、洋服が重なり合って毛布のようになった。それに相まって、長く歩いて体が温まっていたから、意外にも寝心地よく感じられたくらいだった。床がもう少し平らだったらなおよかったのに！

ビーバーのおばさんは、暗闇のなかで小さなフラスク（訳注：お酒を入れる携帯用ボトル）を回して、みんなに飲みものをすすめた——飲むと咳がでたり、少しむせたり、喉がちくちくしたけれど、そのあとは心地の良い温かさが体じゅうに広まって、みんなはすぐに寝てしまった。

目が覚めたとき、ルーシーは少し寒くて、全身がひどくがちがちで、温かいお風呂に入りたいと思った。まだ一分くらいしか寝ていないように感じられた（実際は何時間も経っていたのだが）。頰に長いひげがかすってくすぐったいなと思っていると、洞窟の入り口から冷たい日の光が差し込んでいるのが見えた。けれどそのあとすぐにルーシーは、ぱっちりと目を覚まし、それは、ほかのみんなも同じだった。ルーシーたちは体を起こして、口と目を大きく広げたまま、昨晩歩きながらずっといつ聞こえてくるかと気になっていた音（時折、聞こえたようにも思えた）を聞いていた――それは、シャンシャンシャンという鈴の音だった。

ビーバーさんはその音を聞いたとたん、閃光（せんこう）のごとく洞窟から飛び出していった。一瞬ルーシーは、なんておかしなことをするんだろうと思った。きっと読者のみなさんもそう思ったのではないだろうか？　でも、じつはとても賢い行動だった。姿を見られることなく茂みやイバラのあいだを這い上がって、土手の上まで行けるのを知っていたビーバーさんは、魔女のソリがどちらの方向に向かっているかを、何としてでも見ておきたかったのだ。

残された者たちは洞窟で、どうしたことかと心配しながら待っていた。五分くらい時間が過ぎたとき、なにかが聞こえてきて、みんなはびくっとした――話し声がしたのだ。

「ああ、大変だ」とルーシーは思った。「ビーバーさんは姿を見られてしまったんだ。魔女につかまっちゃったんだわ！」だから少しして、洞窟の外からみんなを呼ぶビーバーさんの声が聞こえてきたときは驚いた。

「大丈夫だ！」とビーバーさんは叫んでいた。「出てきなさいよ、おまえ。さあ、出ていらっしゃい、アダムの息子さんに娘さんたち。大丈夫ですから！　魔女ではないでしたよ！」文法的には正しい言い方ではなかったけれど、ビーバーは興奮して話すとこうなるのだ――とはいえ、私たちの世界ではビーバーは話さないものだから、まあ、ナルニア国では、ということだが。

　ビーバーのおばさんと子どもたちは洞窟から足早に出ていくと、日の光に目をぱちぱちさせた。みんな体じゅう土まみれで、すえた匂いをさせ、髪はからまったままで、まだ眠たそうだった。

「早く！」喜びのあまり踊りだしそうなビーバーさんが叫んだ。「こっちにきて見てごらん！　魔女には痛恨の一撃だ！　魔力はもう衰えはじめているようだ」

「どういうことですか、ビーバーさん？」とピーターが尋ねた。みんなと一緒に渓谷の急斜面を必死で這い上がり、息を荒らげていた。

「お伝えしていませんでしたっけ？」とビーバーさんは言った。「魔女はここを年がら年じゅう冬にしてしまったけれど、クリスマスは来ないって。お伝えしませんでしたか？　まあ、こっちに来て見てみてください！」

そうして全員でてっぺんまで上って見た景色は、実際こんなふうだった。

そこにはソリがあり、鈴の付いたハーネスをつけたトナカイがいた。しかし、魔女のトナカイよりもずいぶん大きく、色も白ではなくて茶色だった。そしてソリには、見た瞬間に全員が誰だかわかる人物が乗っていた。とても大きな男の人で、内側が毛皮になっているフードが付いた鮮やかな赤いローブ（ヒイラギの実くらい明るい色だった）を着ていて、りっぱな白いあごひげが泡立った滝のように胸元まで垂れていた。

誰もがその人物を知っていたのは、実際そのような人たちはナルニア国でしかお見かけしないが、私たちの世界――衣装だんすの扉のこちら側の世界――でも、絵に描かれた姿なら見ることがあるし、彼らにまつわる話も聞くことがあるからだ。

しかし、ナルニアで実物を目にすると、その姿はずいぶんちがった。私たちの世界で見るサンタクロースの絵には、ただ滑稽（こっけい）で陽気な人物として描かれているものがあるが、こうして実際に見てみると、だいぶちがう印象だった。ものすごく大柄で、楽しそうで、まさにほんものだったので、子どもたちはなにも言えなくなってしまった。みんなとても嬉（うれ）しかったが、同時に神妙な気持ちになっていた。

「はあ、やっと来られたよ」とサンタクロースは言った。「魔女に長いあいだ締め出されていたんだが、ようやく戻ってこられた。アスランが動きはじめているな。魔女の力は弱まっているね」

ルーシーは、体の深いところから歓喜の震えが駆け抜けていくのを感じた。なんとも言えないおごそかな気持ちで静かにしているときにしか味わえない感覚だった。

「さて」とサンタクロースは言った。「きみたちへプレゼントをあげよう。新しい上等なミシンは、ビーバーのおかみさんに。お宅を通り過ぎるときに、届けておきますよ」

「そうはおっしゃいますけどね」と膝を曲げておじぎをしながらビーバーのおばさんは言った。「家には鍵がかかっているんですよ」

「鍵もかんぬきもわたしには造作ないよ」とサンタクロースは言った。「そしてビーバーさん、あなたにもあるんだ。家に帰ったときにはダムが完成し、修理も済んでいて、水漏れしていたところは直り、新しい水門が取り付けられているようにしよう」

ビーバーさんは喜びのあまり口をあんぐり開けたまま、言葉を失っていた。

「アダムの息子、ピーターよ」とサンタクロースは言った。

「はい」とピーターは答えた。

「きみへのプレゼントは、これだ。おもちゃではなく、実際に使える道具にしたぞ。必要になるときはもう間近に迫っているかもしれない。責任を持って扱うんだよ」そう言いながら、サンタクロースはピーターに盾と剣を渡した。盾は銀色で、いまにも跳びかかろうとしているライオンが、熟れてもぎ時のイチゴくらい鮮やかな赤色で描かれていた。剣の柄は金でできていて、鞘や剣を身につけるためのベルトなど必要なものはぜんぶ揃っていた。しかもピーターが使うのにちょうどいい大きさと重さだった。ピーターはなにも言わずに、おごそかな気持ちでプレゼントを受け取った。これはとても大事なことで、慎重に受け止めなければならないと思ったからだ。

「イヴの娘、スーザン」とサンタクロースは言った。「きみにはこれをあげよう」そして弓と、矢がたくさん入った矢筒と、小さな象牙の角を渡した。「弓は本当に必要になったら使うんだよ。きみに戦えと言っているのではないのだから。この弓矢は簡単には的を外さないようにできている。そしてこの角笛は、唇に当てて吹けば、きみがどこにいようと何かしらの助けがやってくるだろう」

そして最後に「イヴの娘、ルーシー」とサンタクロースが呼ぶと、ルーシーは前に出た。サンタクロースはガラス製のように見える小さな瓶（でものちに、人々はダイヤモンドでできていたと語った）と小さな短剣をルーシーに渡した。「この瓶の中には、太陽の山々で育つ火の花のエキスでできた薬が入っている。もしきみや仲間が怪我をしたら、数滴たらしてやれば回復するだろう。短剣は本当に困ったときにきみを守ってくれるはずだ。これもまた、戦うために渡すのではないぞ」

「なぜですか？」とルーシーは訊いた。「よくわからないけど……たぶんわたしには戦う勇気があると思うのですが」

「問題はそこではないのだ」とサンタクロースは言った。「女性が戦いに加わると、戦いがおぞましいものになるということさ。それでは次に――」そして急に、深刻な表情を少しゆるめながら「きみたち全員に、これを贈ろう！」と言って、五つのティーカップとお皿、角砂糖の入ったボウル、クリーム入れに、熱々の紅茶が入った巨大なポットが載った大きなトレイを取り出した（背中に背負った大きな袋から出したと思うが、誰も実際には見ていなかった）。そしてサンタクロースは「メリー・クリスマス！　真の王さまに、ばんざい！」と叫んで鞭を鳴

らすと、みんなが気づく間もなく、トナカイやソリと一緒に見えなくなった。

ピーターが剣を鞘から抜いてビーバーのおじさんに見せていると、ビーバーのおばさんが言った。「さあ、さあ！　そんなところに突っ立っていたら、お茶が冷めてしまいますよ。まったく男っていうものは、これだから。ねえ、トレイを運ぶのを手伝ってちょうだい。朝ごはんにしましょう。ああ、パン切りナイフを持ってきておいてよかった」

みんなは急な斜面を下りて洞窟まで戻ると、ビーバーのおじさんがパンやハムを切ってサンドイッチを作り、ビーバーのおばさんがお茶をついで、食事を楽しんだ。だが、お楽しみもつかの間、すぐにビーバーのおじさんが言った。「さあ、そろそろ出発の時間だ」

## 第十一章　アスランは近い

そのころエドマンドは、ひどくがっかりしていた。ドワーフがソリの準備をしに行ってしまえば、魔女は前に会ったときのように、また親切にしてくれるのではないかと思っていた。しかし、それどころか魔女は一言も口をきいてくれなかった。ついにエドマンドが勇気を振り絞って「お願いです、女王さま。ターキッシュ・ディライトをいただけませんか？　ま、まえに、そうおっしゃっていましたよね？」と尋ねると、魔女は「黙れ、たわけが！」と一喝した。でも、そのあとで考えを改めたようで、まるで自分自身に言い聞かせるかのように「だが、途中でこのガキが気絶でもしたら元も子もないな」と言って、もう一度手を叩いた。すると、さっきとは別のドワーフが姿を現した。

「この人間に、食べものと飲みものを与えろ」と魔女は言った。

ドワーフはどこかへ消え、しばらくすると水が入った鉄のボウルとひからびたパンの塊が載った鉄の皿を持って戻ってきた。そして胸が悪くなるような表情でにやにや笑いながら、エドマンドのそばの床の上に置くと、こう言った。

「小さな王子さまに、ターキッシュ・ディライトをお持ちしましたぞ。ヒヒヒ！」

「どっかへ持っていってよ、ひからびたパンなんていらない」とエドマンドはむっとして言った。しかし、魔女がただならぬ形相で急に振り向いたので、エドマンドは謝り、パンをかじりはじめた。でもパンは堅すぎて、とても飲み込めなかった。

「またいつパンにありつけるかわからぬのだから、そんなパンでもましだと思え」と魔女は言った。

　エドマンドがパンを噛みちぎろうとしているあいだに最初のドワーフが戻ってきて、ソリの準備ができたことを伝えた。白い魔女は立ち上がると、エドマンドに一緒にくるように命じた。二人が中庭に出ると、また雪が降りはじめていたが、魔女はそれには気も留めずにエドマンドをソリの横に座らせた。出発する前に、魔女がモーグリムを呼ぶと、オオカミは巨大な犬のように飛び跳ねながらソリのそばにやってきた。

「おまえの仲間で一番足の速いものを連れて、すぐにビーバーの家に向かえ」と魔女は命じた。「そして、そこで見つけたものは片っぱしから殺せ。もしすでに姿が見えなければ、全速力で石舞台に向かうのだ。だが、姿を見られるなよ。そこで隠れて、わたしを待て。わたしはここから何キロも西に進み、ソリで川を渡れる場所を探す。だが、おまえたちなら人間どもが石舞台に到着する前に追いつけるかもしれない。やつらを見つけたら、どうすればいいか、わかるな！」

「仰(おお)せのとおりに、女王さま！」モーグリムはうなり声をあげると、全速力で疾走する馬のごとく、雪と暗闇のなかへ消えていった。そして数分のあいだに別のオオカミを呼び出し、ダムまで一緒に駆け下りると、ビーバーの家を嗅(か)ぎ回って探しはじめた。しかし当然ながら、家はもぬけの殻だった。もしその夜の天候が安定していたなら、ビーバー夫妻と子どもたちにとっては恐ろしいことになっていただろう。雪がなければ、オオカミたちは彼らのあとを追えたはずだからだ。そうすれば十中八九、一行は洞窟に到着する前に追いつかれていたことだろう。しかしまた雪が降りはじめていたので匂いは薄まり、足跡も見えなくなっていた。

一方、ドワーフはトナカイに鞭をふるい、魔女とエドマンドを乗せたソリは魔女の館(やかた)のアーチをくぐって冷たい暗闇のなかへ出ていった。コートがないエドマンドにとっては最悪な旅だった。十五分もしないうちに体の前半分が雪まみれになったが、すぐに雪を払い落とすのはやめた。何度払ってもすぐに新しい雪が積もって、くたくたに疲れてしまうからだ。すぐに全身がずぶ濡れになった。なんとみじめな姿だったことか！　いまや魔女がエドマンドを王にしようとしていたとは、とうてい思えなかった。

魔女は優しくていい人なのだから、魔女の味方につくのが正しいのだと信じ込もうとしてこれまで自分に言い聞かせてきたことは、いまとなってはなにもかも愚かに思えた。いまでは、きょうだいに会えるのなら何でも差し出す心づもりだった。ピーターに対してすら、そう思えた！　唯一のなぐさめは、これはぜんぶ夢で、すぐに目が覚めると思い込むことだった。そして実際、何時間もソリで走っているうちに、本当にこれは夢なのかもしれないと思えてきた。

過酷なソリの旅は、ここで何ページにもわたって書き記したとしても足りないくらいつづいた。しかし、そこは割愛することにして、雪がやみ、朝がやってきて、太陽の光を浴びながら先を急いでいたところまで時間を早送りしよう。

その時点でも、一行はソリを走らせつづけていた。ソリが雪を切るシュッシュッという音と、トナカイのハーネスがきしむ音以外、なんの音も聞こえなかった。しばらくしてついに魔女が言った。「あれはなんだ？　止まれ！」その声に、ソリが止まった。

このとき、魔女が朝ごはんについてなにか言ってくれますように、とエドマンドがどれほど願っていたことか！　しかし魔女はまったくちがう理由でソリを止めたのだった。少し離れた木の根元のあたりで、にぎやかな一行――リスの夫婦と子どもたち、二人の山野の精霊サテュロスと一人のドワーフ、老いた雄ギツネが一匹――が椅子に座りテーブルを囲んでいたのだ。

エドマンドには彼らがなにを食べているのかはよく見えなかったが、とてもおいしそうな匂いがしていた。ヒイラギの飾り付けのようなものが見え、どうやら、クリスマスに食べるプラム・プディングのようなものもあるようだった。ソリが止まると、そこにいるなかで一番年長者と思われるキツネがちょうど二本脚で立ち上がり、右手でグラスを持ち上げてなにかを言おうとしているところだった。

だがソリが止まり、そこに乗っているのが誰なのかがわかると、みんなの顔から楽しげな表情が消えた。リスの父親はフォークを口に運ぶ途中で凍りついたように動かなくなり、サテュロスはフォークを口に入れたまま動きを止め、リスの赤ちゃんたちは恐怖のあまりキーキー鳴き声をあげた。

「これはいったい何事だ？」と魔女は尋ねた。誰も答えなかった。

「答えろ、うじ虫ども！」と魔女はもう一度声を張り上げた。「なにも言わぬのなら、ドワーフに鞭をひと打ちさせて、舌を見つけてもらおうか？　この大盤振る舞い、贅(ぜい)

沢、やりたい放題はなんなのだ？　どこでこんなものを手に入れた？」

「おそれながら、陛下」とキツネが言った。「もらったのでございます。それで僭越ながら、陛下の健康を祝して、まさに乾杯の音頭を……」

「誰にもらったのだ？」と魔女は言った。

「サ、サ、サ、サンタクロースです」とキツネは口ごもりながら答えた。

「なんだと？」魔女はうなるようにそう言ってソリから飛び降りると、怯えきっている動物たちの近くまで歩み寄った。「いままで、やつがここに来たことはないし、来るはずがない！　貴様、なにを申すか……いいか、うそをついていると白状すれば、いまなら許してやる」

　そのとき、赤ちゃんリスの一匹がすっかり動転してこう言った。「いたよ、いたんだって、絶対にいたよ！」そしてキーキー鳴きながら、小さなスプーンをテーブルに叩きつけた。エドマンドは、唇を強く嚙みしめた魔女の白い肌に血が一滴にじむのを見た。魔女は杖を振り上げた。

「ああ、やめてください。お願いだから、やめて！」とエドマンドは叫んだが、それでも魔女は杖を振りかざし、その瞬間、にぎやかな一行がいた場所には石のテーブルを囲む生きものたちの石像が並んでいた（なかには、石のフォークを石の口に運ぼうとした途中で永遠に固まっている像もあった）。テーブルの上には石の皿や、石のプラム・プディングが載っていた。

「おまえは、これでもくらえ」魔女はふたたびソリに乗り込むときに、エドマンドの顔に強烈な一撃を見舞った。「スパイや裏切り者に情けを乞うと、こうなるのだ。よくおぼえておけ。さあ行くぞ！」

エドマンドはこの物語がはじまって以来はじめて、自分以外の誰かをかわいそうだと思った。あそこに座っている、石像に変えられてしまった小さな者たちが、これからずっと沈黙の日々や暗い夜を過ごし、年を追うごとに体に苔が生え、終いには顔がぼろぼろと崩れていくのかと思うと、あまりにも哀れだった。

そして、ふたたびソリが走り出した。すぐにエドマンドは、ソリが巻き上げて体に降りかかってくる雪が昨晩よりもずっと水気を帯びているのに気づいた。それと同時に、前よりも寒さを感じなくなっていることも。霧も刻一刻と濃くなっていった。気温が上がってきたのだ。

そしてソリも、これまでほど快調には滑らなくなっていた。最初、エドマンドはきっとトナカイが疲れてきたのだろうと思っていたが、すぐにそうではないことがわかった。ソリは石にぶつかったみたいにがくんと動いたと思ったらまた滑りだし、がたがたと揺れつづけた。そしてどれほどドワーフが哀れなトナカイに鞭を打っても、ソリは速度を落としていくだけだった。

あたりから奇妙な音が聞こえるような気もしていたが、ソリが滑る音やがたがたいう音、ドワーフがトナカイを怒鳴りつける声のせいで、エドマンドにはそれがなんの音だかよくわからなかった。すると突然、ソリがくぼみにはまり、どうにも前に進めなくなってしまった。

一瞬あたりが静まり返ると、エドマンドはさっきから聞こえるような気がしていた音をはっきりと耳にした。聞きなれないけど心地の良い、衣ずれのようなさらさらと流れるような音だな――でも、そこまで奇妙にも思えない。前にも聞いたことがあるからだ――ああ、どこで聞いたかを思い出せたらいいのに！　するとふと記憶が蘇ってきた。あれは、水が流れる音だ。

目には見えないが、あらゆるところから水の流れる音が聞こえた。さらさら流れる音、せせらぎの音、水が泡立つ音や飛び散る音がして（遠くのほうでは）ごうごうとうなるような音すら聞こえた。凍りついていた世界はもう終わりなんだ――そう思うと、エドマンドの心臓は飛び出しそうになった（なぜだかはよくわからなかったが）。

もっと近くでは、木々の枝からぽつぽつと水滴が落ちていた。木を見上げると、枝に積もって固まった大きな雪の塊が枝を滑り落ちてくるのが見え、ナルニア国に来て以来はじめて、エドマンドはモミの木の深緑色を見た。しかし、もうそれ以上水の音を聞いたり景色を見たりしている余裕はなかった。魔女がこう言ったのだ。

「ぼんやり座ってながめているな、愚か者が！　ソリを下りて手伝え」

当然のことながら、エドマンドは従うほかなかった。雪の中に――もう半分解けていたが――出ていき、はまり込んだぬかるみからソリを引き抜こうとしているドワーフを手伝った。ようやくソリが抜けると、ドワーフは残酷なほどトナカイに鞭打ちながら、なんとかまたソリで走れるようにして、少しだけ先に進んだ。いまや雪は本格的に解けはじめ、あらゆる場所で緑の芝が見えていた。長く雪景色ばかりながめていたエドマンドが、果てしなくつづく白い世界のあとでやっと見えた緑に、どれほどほっとさせられたか、読者のみなさんは想像もつかないだろう。すると、またソリが止まった。

「うまくいきませんな、陛下」とドワーフは言った。「解けた雪の上は走れません」

「ならば歩くしかあるまい」と魔女は言った。

「歩いていたら、連中には追いつけませんぞ」とドワーフは不平を漏らした。「なんせやつらのほうが先に出発しているんですから」

「おまえはわたしの指南役にでもなったつもりか、奴隷の分際で？」と魔女は言った。「いいから、言われたとおりにしろ。そいつの手を後ろで縛りあげ、ロープの先をしっかり握っているのだ。鞭も忘れるな。それから、トナカイのハーネスを切ってやれ。そうすれば、勝手に館に戻っていくだろう」

ドワーフは命令に従ったので、エドマンドはすぐに後ろ手に縛りあげられ、できるだけ早く歩くよう急きたてられた。ぬかるみや泥や濡れた芝で何度も滑るたびにドワーフに罵られ、ときには鞭でぴしっと叩かれることもあった。魔女はドワーフの後ろを歩きながら「早くしろ、もっと早く歩け！」と急かしつづけた。

緑の地面はますます広がり、雪が積もった部分は小さくなっていった。木の枝は次から次へと雪の衣を払い落としていった。そのうちどこを向いても、雪の白の代わりに、モミの木の濃い緑や、裸になったオークや、ブナやニレの木の黒く突き出た枝が見えるようになった。霧は白から金色に変わり、しばらくするとすっかり消えてしまった。美しい太陽の光が矢のように森の地面に差し込み、頭上を見れば、木々のこずえの隙間から青空がのぞいていた。

それから、もっとすてきなことが次々と起きた。道を曲がると、突然シラカバが生えたひらけた場所に出て、あたり一面に小さな黄色い花が咲き乱れていた――クサノオウだった。水の音がだんだん大きくなり、やがて小川を横切った。その先にはユキノハナが生えていた。

ドワーフはエドマンドが花に気をとられているのをみつけると、「よそ見をするな！」と言い放ち、荒々しくロープを引っ張った。

しかし、当然のことながら、そんなことを言われたからといってエドマンドは見るのをやめられなかった。五分もすると、老木の根元に何本ものクロッカスが咲いているのを見つけた。黄色、紫色、白色のもある。やがて、水の音よりももっとすてきな音が聞こえてきた。歩いている道のすぐそばにある木の枝で、急に鳥がさえずったのだ。その少し先の枝にいる別の鳥がそれに応（こた）えるように鳴いた。すると、まるでそれがなにかの合図だったかのように、あちこちから、ピロロロロとおしゃべりをするような鳥の鳴き声が聞こえてきて、一瞬のうちに大合唱がはじまり、五分もしないうちに森全体に鳥たちの奏（かな）でる音楽が響き渡った。エドマンドがどこを向いても、鳥たちが枝に舞い降りたり、頭上を飛び交ったり、追いかけっこをしたり、ちょっとしたケンカをしたり、くちばしで毛づくろいをしたりするのが見えた。

「もっと、早く！　早くしろ！」と魔女は急かした。

もう霧はすっかり消えていた。空はますます青くなり、時折、白い雲が流れていった。木々のあいだのひらけた場所には、サクラソウが咲き乱れていた。そよ風が枝からしたたるしずくを払い飛ばし、歩いているエドマンドたちの顔にひんやりと当たると、心地の良い香りが立ち上った。木々はすっかり活気を取り戻していた。カラマツやシラカバの木は緑の葉でおおわれ、キングサリは鮮やかな黄色の花をつけた。すぐにブナの木が、透き通るような繊細な葉を広げはじめた。その下をエドマンドたちが歩くと光も緑色に変わり、ミツバチがブンブン音を立てながら通り過ぎていった。

「これは雪解けなんかじゃありませんな」ドワーフが、突然足を止めて言った。「春が来たんですよ。どうすりゃいいのです？　陛下がもたらした冬は、滅ぼされてしまったんですよ！　きっと、アスランの仕業ですぞ」

「おまえたちのなかで、その名前をもう一度口にした者がいたら」と魔女は言った。「ただちに葬り（ほうむ）去ってくれるわ」

# 第十二章　ピーターの最初の戦い

　ドワーフと白い魔女がそんなやりとりをしているあいだ、何キロも先では、ビーバー夫妻と子どもたちがすてきな夢のなかにいるような気分で何時間も歩きつづけていた。ずいぶん前に、コートは脱ぎ捨てていた。いまではもう、足を止めて「見て！カワセミがいるよ」とか「ほら、ブルーベルが咲いてる」とか「このいい香りはなんだろう？」とか「ツグミの声が聞こえるよ！」などと言い合ったりもしなくなっていた。

　まわりの風景に見とれながら、ただ黙って歩きつづけ、暖かい日当たりの良い場所を抜けて涼しい緑の茂みに入り、そのあとまた苔がびっしりと生えた広い場所に出ると、そこでは背の高いニレの木が頭上の高いところで葉っぱの天井を作っていた。それからフサスグリが生い茂っている場所や、強烈なくらい甘い匂いが立ち込めているサンザシの茂みのなかを進んだ。

この数時間で冬が消え、森全体が一月から五月に変わるのを目の当たりにしたピーターたちは、エドマンドと同じように驚いていた。これが、アスランがナルニア国にやって来たことによって起きた変化だというのは、はっきりとわかっていなかった（魔女にはわかっていたが）。しかし、終わりのない冬をもたらしたのは、魔女の仕業だということはみんな知っていた。だから、魔法のような春がはじまると、魔女のたくらみがうまくいかなくなっただけでなく、大幅に調子が狂っているのだと察せられた。

雪が解けはじめてしばらくすると、魔女はもうソリを使えないとわかったので、その後はそこまで急ぐこともなく、時々足を止めたり、長い休憩をとったりしながら進んだ。当たり前だが、みんなかなり疲れていた。でもくたくたになるほどではなかった——外で長い一日を終えたときのように、気だるくて、夢を見ているような、穏やかな疲れだった。スーザンはかかとに小さなまめを作っていた。

少し前から、一行は大きな川に沿った道から外れて進んでいた。というのも、石舞台まで行くには少し右（つまり、少し南）に曲がらないといけないからだった。その道を行かなかったとしても、雪解けがはじまったいま、川の谷間を歩きつづけることはできなかった。あれだけの雪が解ければ、川はみるみるうちに氾濫し、ごうごうと凄まじい音を立てながら黄色くにごった洪水となり、彼らの行く手は水の中へと消えてしまっただろうからだ。

もう太陽は低くなり、光が赤みを増し、影が長くなり、花は閉じようとしていた。

「もう少しですよ」とビーバーのおじさんは言うと、一行を率いてもこもこした苔が厚くおおっている（疲れた足には心地よかった）丘を上がっていった。あたりは背の高い木が点々と生えているだけだった。長い一日の終わりに上り坂を歩いたので、みんなは大きく息を切らしていた。あともう一度長い休憩をとらなかったら、とてもこんな丘は登りきれないわ、とルーシーが心のなかで弱音を吐きはじめたころ、一行はようやくてっぺんに到着した。そこに広がっていたのは、こんな景色だった。

たどり着いたのは緑あふれる広い空き地で、どの方向を見下ろしてもどこまでも森がつづいていた。ただし、真正面だけはちがって、はるか東の先にキラキラと光って動くものが見えた。

「なんてこった」とピーターはスーザンにささやいた。「海だ！」

彼らがいるひらけた丘の上の中央には、石舞台があった。灰色の気味の悪い大きな石の板が、四つの直立した石に下から支えられている。じつに古めかしく、全面に未知の言語かと思うような奇妙な線や図形が刻まれていた。見ているとどこか不思議な気持ちになった。

次に目に入ってきたのは、広い空き地の片すみに張られた大きなテントだった。りっぱなテントで——とりわけ沈みかけている太陽の光の下ではそう思えたのだが——側面は黄色いシルク、ロープは深紅色、杭(くい)は象牙でできていた。テントの上に高く立てられたポールには、後ろ脚で立ち上がった赤いライオンが描かれた旗が、遠くの海から吹きつける風になびいていた。顔に風を受けながらながめていると、右のほうから音楽が聞こえてきた。そちらを向くと、はるばるここまで会いにやってきた目的の姿があった。

弧を描くように並んだ生きものたちに取り囲まれるように、アスランは立っていた。木の精や泉の精（私たちの世界では、かつてドリュアスやナイアスと呼ばれていた）もいて、弦楽器を弾いていた。先ほど聞こえた音楽を奏でていたのは彼女たちだったのだ。大きなケンタウロスも四人いた。体のうち馬の部分はイギリスの農場にいる馬のように巨大で、人間の部分はいかめしいけれど美しい巨人のようだった。ほかにもユニコーンや、人間の頭をした雄牛、ペリカン、ワシ、大きな犬もいた。アスランの横には二頭のヒョウがいて、一頭はアスランの王冠を抱え、もう一頭は王旗を掲げていた。

ようやくアスランの姿が見られたのに、ビーバー夫妻も子どもたちも、どうしたらいいのか、なにを言えばいいのかわからなかった。ナルニア国を訪れたことのない人は、同時に善良にも恐ろしくもなれる者などいるわけがないと思うかもしれない。三人の子どもたちも、それまではそうだったかもしれないが、もうそんな考えはどこかへ行ってしまった。なぜならアスランの顔を見ようとしたら、黄金のたてがみと一緒に、大きくて気高くていかめしい、圧倒されるような目が見えたからだ。アスランを真正面から見ることなどとうていできないとわかった三人は、震えおののいた。

「前に出ておいきなさい」とビーバーのおじさんがささやくと、ピーターは「いえ、お先にどうぞ」と答えた。

「いや、動物の前にアダムの息子が行くべきです」とビーバーのおじさんは小声で返した。

「スーザン」とピーターはひそひそと呼び「きみはどう？　レディファーストだよ」と言った。

「いやよ、兄さんが一番年長でしょ」とスーザンは答えた。そして当たり前のことだが、こんなことをつづければつづけるほど、ますます気まずくなっていった。そうしてついにピーターが、ここは自分がやるしかないと腹をくくった。剣を抜き、高く掲げて敬礼すると、早口でみんなに「さあ行くぞ。しっかりするんだ」と言いながらライオンに向かって進んでいき、こう言った。

「やって参りました、アスラン」

「よく来た、ピーター。アダムの息子よ」とアスランは言った。「よく来た、スーザンとルーシー。イヴの娘たちよ。それに男のビーバーに女のビーバーも」

深く朗々としたアスランの声を聞くと、みんなのそわそわする気持ちは落ち着いてきた。そして、嬉しくも穏やかな気持ちで満たされていき、立ったまま黙っていても気まずさを感じなくなっていた。

「四人目はどこにいるんだ？」とアスランは尋ねた。

「ああ、アスラン。その子はここにいる子たちを裏切って、白い魔女のもとへ行ったんですよ」とビーバーのおじさんは答えた。それを聞いたピーターは思わずこう口走った。

「でも、それはぼくのせいでもあるんです、アスラン。ぼくが腹を立てていたから、あいつは間違ったことをしてしまったんだと思います」

するとアスランは、ピーターをなだめることも責めることもせずに、ただじっと立ったまま、ゆるぎない大きな目で彼を見つめた。みんなには、もうこれ以上なにも話す必要はないように思えた。

「お願いです、アスラン」とルーシーが言った。「どうにかして、エドマンドを救えないでしょうか？」

「やれるだけのことはやろう」とアスランは言った。「しかし、思っているよりも難しいかもしれない」そしてまた黙り込んでしまった。それまでルーシーは、アスランはなんて高貴で強そうで落ち着いた顔をしているんだろうと思っていたが、同時に悲しそうにも見えた。しかし、次の瞬間、そんな表情はすっかり消えていた。アスランはたてがみをふるうと、前足を合わせて（「なんて足なの。あんなふうになめらかに整えていなかったら、どんなに恐ろしい足だったことか！」とルーシーは思った）、こう言った。

「ひとまずは、ごちそうを準備させよう。ご婦人方、ここにいるイヴの娘たちをテントへ案内して、世話してやってくれないか」

スーザンとルーシーが行ってしまうと、アスランは片方の前足を――その足はなめらかだったが、ずっしりと重たかった――ピーターの肩に置いて言った。「来なさい、アダムの息子よ。おまえが王になるであろう城を遠くから見せてやろう」

ピーターはまだ剣を手に持ったまま、アスランと一緒に丘の上の東のはしまで向かった。そこからは美しい景色が見えた。後ろのほうでは太陽が沈もうとしていた。まさに眼下に広がるナルニア国の全土が、夕焼けの光に包まれていたのだ——森も丘も渓谷も、銀色のヘビのようにうねりながら輝く大きな川の下流部分もすべて。そしてその何キロも先には海があり、海の先には空が広がり、夕日が差してバラのような色に変わりはじめた雲が垂れこめていた。

しかし、ナルニアの国土が海に通じるあたりでは——実際は、大きな川の河口だったが——小さな丘の上でなにかが、きらめいていた。それは城で、ピーターと夕日のほうを向いている窓という窓に光が反射していたから輝いていたのだが、ピーターには海岸に落ちてきた大きな星のように思えた。

「ほら、ごらん。あれが四つの王座があるケア・パラヴェル城だ。いずれきっとおまえが王として就くことになる。これを見せたのは、おまえが最初に生まれた子であり、ほかの王よりもさらに高い位に就く王になるからだよ」

またしてもピーターはなにも言わなかった。なぜならそのとき、急に奇妙な音が聞こえてきて、沈黙を打ち消したからだ。ラッパの音のようだったが、もっと深みのある音色だった。

「おまえの妹の角笛だな」とアスランは低い声でピーターに言った。あまりにも低い声だったので、ゴロゴロと喉を鳴らしているように聞こえた——ライオンが喉を鳴らすなんて考えること自体が、無礼にならなければいいのだが。

そのとき、ピーターはなにが起きたか理解できなかった。でも、ほかの生きものたちが前に進みはじめ、アスランが前足を振りながら「下がれ！　王子に一旗揚げさせるのだ」と言うのが聞こえるとようやく合点し、テントをめがけて全速力で走りはじめた。そこでは、恐ろしい光景が繰り広げられていた。

ナイアスやドリュアスたちが四方八方に逃げていて、ルーシーはピーターのほうに向かって幼い足で必死に走ってくるところだった。その顔は紙のように白かった。スーザンは一本の木をめがけて勢いよく走っていったかと思うと、振り子のように体を揺らして枝に飛びついた。その後ろからは、巨大な灰色の獣がいまにも追いつこうとしていた。最初ピーターはクマだと思った。ジャーマンシェパードかもしれないが、犬にしては大きすぎる。あれはオオカミだ——後ろ脚で立ち上がり前脚二本を木の幹に押し付けて、牙(きば)をむいてうなり声をあげながら嚙みつこうとしている。背中の毛がまっすぐに逆だっていた。

スーザンは二本目の大きな枝よりも上には登れずにいた。片方の脚が枝からぶら下がっていて、つま先はカチカチ鳴っているオオカミの牙からほんの数センチ先にある。

なぜスーザンはもっと上に登って行かないのだろう？　それができないなら、もっとしっかり枝につかまっていればいいのに。そう思ったとたん、ピーターはまさにスーザンが失神寸前であることに気づいた。もし本当に気を失えば、木から落ちてしまう。

だがピーターは勇気を振り絞ることができなかった。それどころか、恐怖で吐いてしまいそうだったのだ。しかし、だからといって助けに行かないわけにはいかなかった。そこで怪物めがけて突進し、脇腹（わきばら）を剣で斬（き）りつけた。しかし、その一撃はオオカミには届かなかった。稲妻のごとく即座に向きを変えたオオカミの目は燃えさかり、大きく開いた口からは怒りに満ちたうなり声が漏れていた。オオカミの怒りがあそこまで増大していなければ、ただちにピーターの喉を噛み切っていただろう。

こうしたことはぜんぶ一瞬のできごとだったので、ピーターには考える余地がなかったのだが、身をかがめて剣を構え、ありったけの力を込めて、獣の前脚のあいだから心臓めがけて突き刺した。それから先は悪夢のように恐ろしくて、まさに混乱の極みだった。ピーターは剣を強く引いて抜こうとしたが、オオカミは生きているようにも死んでいるようにも見えず、しかもむき出した牙がピーターの額に当たっていて、ピーターは体じゅう血と熱気とオオカミの毛にまみれていた。オオカミがすでに死んでいると気づくと、ピーターはすぐにその体から剣を抜き取り、体を起こして顔と目から汗を拭った。全身が疲れ切っていた。

しばらくすると、スーザンが木から下りてきた。ここだけの話だが、二人は顔を見合わせたとたん震えが止まらなくなり、思わず互いにキスをして泣いた——そんなことをしても、ナルニアでは少しも恥ずかしいことではないのだ。

「さあ、急げ！」とアスランの叫ぶ声がした。「ケンタウロスに、ワシも！　藪のなかにもう一匹オオカミがいるぞ。その後ろだ。ほら、逃げていった。おまえたち全員で、あとを追うんだ。女主人のもとへ向かっているはずだからな。魔女を見つけて四人目のアダムの息子を救うなら、いまだ」すぐさま、もっとも脚が速い生きものたち十数頭が、嵐のようなひづめの音と、バタバタと翼が羽ばたく音を響かせながら、深まりつつある夕闇のなかへと消えていった。

まだ息を切らしながらピーターが振り返ると、すぐそばにアスランがいた。

「剣を拭うのを忘れているぞ」とアスランが言った。

そのとおりだった。ピーターは燦然たる刃がオオカミの毛や血で汚れているのを見て顔を赤らめた。そしてしゃがみ込むと、草を使ってきれいに拭い、さらに着ていた上着で血を拭き取った。

「剣をよこしなさい。そしてひざまずくのだ、アダムの息子よ」とアスランは言った。

ピーターが言われたとおりにすると、アスランは剣の平でピーターの肩を軽く叩きながらこうつづけた。「立て、オオカミに死をもたらしたピーター卿よ。なにがあろうと、剣を拭うのを忘れてはならない」

# 第十三章　時のはじまりからある、いにしえの魔法

　はたして、エドマンドはどうなったのだろうか。人間が歩ける距離よりもはるかに長く歩かされたあと、ようやく魔女はモミの木とイチイの木におおわれた暗い谷間で足を止めた。エドマンドはへたへたとつっぷしてしまい、このままここにいられるのなら、どうなっても構わないとすら思っていた。あまりにも疲れはてていて、自分がどれほど空腹で喉がかわいているか気づかないほどだった。魔女とドワーフは、エドマンドのすぐ横で声を落としてなにやら話をしていた。

「いけませんぞ」とドワーフは言った。「もうそんなことをしても無駄です、女王さま。連中はもう石舞台に着いているころですから」

「オオカミがわれらの匂(にお)いを嗅ぎつけて、知らせを届けてくれるかもしれぬ」と魔女は言った。

「そうだとしても、良い知らせであるはずがありません」とドワーフは言った。

「ケア・パラヴェルの四つの王座だが」と魔女は言った。「もしその三つしか座る者がいなかったら、どうなる？　予言は成就しないはずだ」

「やつが来ているというのに、そんなことがなんだと言うのです？」とドワーフが言った。いまだに、主人の前でアスランの名前を出す勇気がなかったのだ。

「あれはそう長く居座るまい。いなくなったあとに、ケア・パラヴェルで三人を襲うのだ」

「それでも、取引できるように、こいつ（ここでドワーフはエドマンドを蹴った）を生かしておくのがいいかもしれないですな」

「そうだな！　そしてあいつらに救出させればいい」と魔女は小バカにしたように言い放った。

「では」とドワーフはつづけた。「すぐに、やるべきことに取り掛かったほうが良いでしょう」

「石舞台でそれをやりたいと思っていたのだ」と魔女は言った。「あそここそ、ふさわしい場所。いままでずっと、あそこで行われてきたのだからな」

「石舞台がそうしてまた本来の使い方をされるようになるには、まだまだ時間がかかるでしょうな」とドワーフ。

「そうだな」と魔女は言うと「では、はじめるぞ」とつづけた。

ちょうどそのとき、オオカミがうなり声をあげながら、すごい勢いで走り込んできた。

「やつらを見つけました。そろって、石舞台にいます。やつと一緒に。隊長のモーグリムは殺されました。わたしは藪のなかから一部始終を見ていたんです。アダムの息子の一人が殺したんですよ。急いでお逃げください！」

「いや」と魔女は言った。「逃げる必要はない。すぐに行くのだ。一刻も早く手下を集めろ。われらの側にいる巨人やオオカミ男、木の精を呼び出せ。食屍鬼（しょくしき）や、怨霊（おんりょう）、人食い鬼、ミノタウロスを呼び集めるのだ。悪鬼や鬼婆（おにばば）や亡霊、毒キノコの精もな。みな一団となって戦うのだ。なに？　わたしには杖があるではないか。連中がやってきたら、すぐさま石に変えてやるわ。さあ、早く行け。おまえたちがいないあいだに、わたしはここで少しやることがある」

大きなオオカミは頭を下げると、踵（きびす）を返して駆け出していった。

「さてと！」と魔女は言った。「ここには台がないな。それなら、木の幹に張り付ければいい」

エドマンドは荒々しく引っ張られて立たされた。ドワーフはエドマンドの背中を木に押し付けるようにして、きつくロープで縛り上げた。魔女がマントを脱ぐのが見えたが、その下であらわになった腕は恐ろしいほど白く、あまりの白さにほかのものはよく見えないくらいだった。暗い木々におおわれたこの谷は、とても暗かったのだ。

「いけにえの準備をしろ」と魔女は言った。ドワーフはエドマンドの襟をゆるめると、シャツを折り返して喉もとを開けた。それからエドマンドの髪をつかむと、頭を後ろに引っ張ってあごを上げさせた。このときエドマンドは奇妙な音を聞いた――シャッシャッという音だった。一瞬、なんの音だか思いつかなかったが、すぐにわかった。ナイフを研ぐ音だ。

そのとき、あちこちから大きな叫び声が聞こえてきた。ひづめが地面を踏みつける音や、翼が羽ばたく音――それに魔女の金切り声も。あたりは大混乱に包まれた。気づくと、エドマンドはロープがほどかれているのに気づいた。そして力強い腕が体にまわされ、大きくて優しい声がこう言うのが聞こえた。

「横に寝かせて、ワインを与えろ……さあ、これを飲め……これで落ち着くだろう――もう大丈夫だ」

それから、いろいろな声が聞こえてきたが、エドマンドに話しかけているのではなく、会話を交わしているようだった。「魔女を仕留めたのは誰だ?」「おまえかと思ったよ」「魔女の手からナイフを叩き落としたあと、姿を見ていないな……おれはドワーフを追っていたから……魔女は逃げたのか？」「なにもかもに気を配るなんて無理だよ……あれはなんだ？　ああ、すまん。ただの古い切り株か！」ここまで耳にすると、エドマンドは完全に気を失ってしまった。

やがて、ケンタウロスとユニコーン、シカに鳥たち（言わずもがな彼らは、前章でアスランが送り込んだ救出部隊だ）は、エドマンドを連れて石舞台に戻るために出発した。しかし、彼らが去ったあと、その谷で起きたことを見た者がいれば、きっと驚いたはずだ。

あたりはしんと静まり返り、月がこうこうと輝いていた。もし読者のみなさんがそこにいたなら、古い切り株や、巨大な丸石の上にも月明かりが降り注ぐ光景を見たことだろう。でも、ずっとながめていると、切り株と丸石のどちらもなにかがおかしいと次第に気づきはじめる。次に、切り株はまるで小さな小太りの男がうずくまっているようだと思ったはずだ。そして、しばらくすると、切り株が大きな丸石まで歩いていき、丸石が体を起こして切り株に話しかけるのを見ただろう。丸石と切り株は、じつは魔女とドワーフだった。ちがうものに姿を変えるというのは魔女が使える魔法のひとつで、握っていたナイフが手から叩き落とされた瞬間、魔女は冷静沈着にそうして身を隠したのだ。杖は握りつづけていたために、無事だった。

翌朝、ピーターたちが目を覚ますと（テントの中でクッションを重ねて寝ていた）、まず先にビーバーのおばさんから、昨晩遅くにエドマンドが救出され、テントを張っているこの野営地に連れてこられたという話を聞いた。そして、いまはアスランと一緒にいるということも。朝食が終わると、子どもたちはいっせいに外に出ていった。するとアスランとエドマンドが、ほかの人たちから離れたところで、露のおりた芝生の上を一緒に歩いているのが見えた。

アスランがなにを話していたかは、ここでお伝えする必要はないだろう（それに誰も話の内容を聞いていなかった）。しかしそれは、エドマンドが決して忘れることのない会話だった。ピーターたちが近づいていくと、アスランはエドマンドを連れてみんなのほうへやってきた。

「おまえたちのきょうだいを連れてきたぞ」とアスランは言った。「過ぎてしまったことは、もう話さなくていい」

エドマンドはほかの子たちと一人ひとり握手をして、それぞれに「ごめんね」と言った。それを聞いたみんなは「いいんだよ」と答えた。それから、エドマンドと仲直りしたのがはっきりとわかるようなことを、あたりまえの言葉や自然に口から出てくるような言葉にして言おうと懸命に考えたが、もちろん、そうすぐに思いつくものではなかった。だが、全員が気まずくなる間もなく、一頭のヒョウがアスランに近づいてきて言った。

「アスラン、敵より使者が来て、謁見を求めております」

「連れてきなさい」とアスランは言った。

ヒョウはいったん姿を消すと、すぐに魔女の手下のドワーフを連れて戻ってきた。

「大地の息子よ、どんな知らせを持ってきたのか？」とアスランが尋ねた。

「ナルニア国の女王にして、離れ島諸島の女帝であられるお方が、あなたさまとの会談を望んでおられます。そして、その際道中の身の安全の保障を求めておられます」とドワーフは言った。「あなたさまにとっても、女王さまにとっても有益となる事柄について話し合われたいと」

「ナルニア国の女王だって⁉　なにをぬけぬけと……！」とビーバーのおじさんは言った。

「ビーバーよ、静粛に」とアスランが言った。「すべての称号は、すぐに本来の持ち主に戻されることだろう。それまでのあいだ、それについて言い争うことはない。大地の息子よ、おまえの主人に伝えるがいい。あのオークの大木のところに杖を置いてくれば、身の安全は保障すると」

これにドワーフが同意したため、二頭のヒョウがドワーフに同行して本当に約束が守られるかどうかを確認することになった。「でも、もし魔女がヒョウを石に変えてしまったらどうするの？」とルーシーはピーターに小声で訊(き)いた。おそらくヒョウたちも、同じことを考えていたのだろう。いずれにせよ、歩き出したヒョウたちの背中の毛は逆立ち、しっぽもまるで猫が見知らぬ犬に遭遇したかのようにふくらんで、ぴんと立っていた。

「きっと大丈夫さ」とピーターは小声で返事をした。「そうでなければ、アスランは彼らを行かせたりしないよ」

数分後、魔女が丘のてっぺんに現れ、つかつかとやってきてアスランの前に立ちはだかった。それまで魔女を見たことがなかった三人の子どもたちは、その顔をひと目見て背筋が凍りつくのを感じた。その場にいた動物たちから低いうなり声があがった。日差しは眩(まぶ)しいくらいなのに、誰もがにわかに寒気を覚えた。余裕があるように見えたのは、アスランと魔女だけだった。アスランの黄金色の顔と魔女の死人のような白い顔がこんなに近くにあるのは、すごく奇妙に思えた。でも魔女はアスランの目を直視してはいなかった。これには、ビーバーのおばさんがいち早く気づいていた。

「そこに裏切り者がいるぞ、アスラン」と魔女は言った。もちろん、そこにいた全員が、それはエドマンドのことだとわかっていた。しかしエドマンドは、それまでいろいろなことを経験し、またその日の朝にアスランと話をしたあとだったので、くよくよと自分の愚かさについて考えなくなっていた。エドマンドはただアスランをじっと見つめ、魔女がなんと言おうと気にしていないようだった。

「それはどうかな」とアスランは言った。「この者はおまえに対して罪を犯したのではない」

「いにしえの魔法を忘れたのか？」と魔女は尋ねた。

「どうやら忘れてしまったようだ」とアスランはおごそかに答えた。「その魔法について教えてもらおうか」

「教えるだと？」と魔女は急に声を荒らげて言った。「われらの横にある石舞台に、記されていることを教えるだと？　秘密の丘にある火うち石に、やりの長さくらい深く刻まれた文字を教えるだと？　海のかなたの国の大帝が持つ王笏（おうしゃく）に刻まれた文字を教えるだと？

　少なくともナルニアの誕生の際に大帝がかけた魔法については知っているだろう。

裏切り者は一人残らず掟に従いわたしの餌食となり、いかなる裏切り行為にも死を与える権利がわたしにはあるということを」

「ああ」とビーバーのおじさんは言った。「だからおまえは自分を女王だと思うようになったんだな――おまえは大帝の絞首刑執行人だったのだから。なるほど納得だ」

「静かにしろ、ビーバー」とアスランは、低いうなり声をあげた。

「よって」と魔女はつづけた。「あそこにいる人間はわたしのものなのだ。あやつの命はわが手中に落ちた。あやつの血はわたしのものだ」

「それなら、奪ってみろ」と人間の頭をした雄牛が、大きく吠えるような声で言った。

「たわけが」と魔女は、残忍な笑みを浮かべながら言った。「おまえの主人が、あんな力でわたしの権利を奪えるとでも、本気で思っているのか？　あいつは誰よりもいにしえの魔法を熟知している。掟にあるようにわたしが裏切り者の血を手に入れない限り、ナルニア国はくつがえり、火と水のうちに滅びると知っているのだ」

「そのとおりだ」とアスランは言った。「否定はしない」

「ああ、アスラン！」とスーザンはアスランの耳元でささやいた。「どうにかできないんですか？　あなたならどうにかしてくれるんでしょう？　そうよね？　いにしえの魔法とやらは、わたしたちではどうにもできないの？　なんとか押し止める方法はないんですか？」

「大帝の魔法を押し止めるだと？」とアスランはまゆをひそめるような顔で、スーザンのほうを向いた。そのあとは誰も、アスランにそんなことを言いださなかった。

エドマンドはアスランとは反対側に立って、ずっとアスランの顔を見つめていた。息が詰まりそうだったが、なにか言ったほうがいいのかもしれないと思っていた。でもすぐに、自分にはただ待つしかないし、言われたことをやればいいのだと考え直した。

「おまえたちは全員、後ろに下がっていなさい。わたしは魔女と二人で話をするから」とアスランは言った。

みんなは従った。ライオンと魔女が低い声で熱心に話し合っているあいだ、さまざまな考えが頭をよぎってつらかった。ルーシーは「ああ、エドマンド！」と言って泣き出してしまった。ピーターはほかの子たちに背を向けて立ち、遠くの海を見ていた。ビーバー夫妻は手を握り合って頭を垂れていた。ケンタウロスたちは落ち着かない様子でひづめを踏み鳴らしていた。

そうして最後には全員が完全に動きを止め、マルハナバチが飛んでいるわずかな音や、眼下の森にいる鳥たちが立てる音、あるいは風が木の葉を揺らすかさかさという音ですら聞こえるくらい静まり返った。それでもまだ、アスランと白い魔女の話はつづいた。

ようやく「みんな戻ってきて良いぞ」と言うアスランの声が聞こえた。「話はついた。この者はおまえたちのきょうだいの血を諦めるそうだ」すると、息をひそめていた全員がまた呼吸をとりもどしたかのような音が丘の上に響きわたり、ざわざわと話し声が聞こえてきた。

顔にすさまじい喜びの表情を浮かべた魔女が、去り際に足を止めて言った。

「だが、この約束が守られるとどうしてわかる？」

「ぐうわああああああ！」アスランが王座から立ち上がらんばかりに大声で吠えた。大きな口はさらに広がり、咆哮は激しさを増した。魔女は口をあんぐりと開けて一瞬アスランを見つめると、長い衣の裾をつかんで命ほしさに一目散に逃げていった。

# 第十四章　魔女の勝利

魔女の姿が見えなくなるやいなや、アスランは「ただちにここを離れなければならない。この場所は、ほかの目的で使われることになるからな。今夜はベルーナの浅瀬で野営することにしよう」と言った。

もちろん、誰もがみな、どんな取り決めを魔女と交わしたのかを訊きたくて仕方なかったが、アスランの顔は険しく、しかもまだ先ほどの雄叫(おたけ)びのせいで耳鳴りがしていたので、あえて尋ねようとはしなかった。

丘の上で食事を終えると（太陽の日差しが強まったおかげで、芝生は乾いていた）、彼らはテントを片付けて、慌(あわ)ただしく荷物をまとめた。午後二時前には一列になって北東に向かって出発したが、歩みは速くなかった。ベルーナの浅瀬はさほど遠くなかったからだ。

歩きはじめてしばらくすると、アスランはピーターに戦いの計画を説明した。「このあたりでやるべきことを片付けたらすぐに、魔女は手下を連れてほぼ間違いなく館（やかた）に引き返し、立てこもる準備をはじめるだろう。魔女の行く手を阻（はば）んで、館に戻らせないようにできるかどうか……」

それからアスランは二通りの作戦について語りはじめた。ひとつは森で魔女と手下たちと戦い、もうひとつは魔女の館を攻撃するというものだった。「ケンタウロスは、ここやあそこに配置するのがいい」とか「魔女にあれやこれやをさせないためにも、偵察兵を送るといいだろう」など、作戦を実行するうえで必要な忠告をしていたアスランに、ピーターはこう尋ねた。

「でもアスラン、あなたも戦いの場にいらっしゃるんですよね？」

「それについては約束できないのだ」とアスランは答え、またピーターに戦術を伝えはじめた。

ベルーナへ向かう道のりの後半に、主にアスランを見ていたのはスーザンとルーシーだった。アスランはあまり口をきかず、悲しそうだった。

渓谷がひらけて川が広く浅くなっている場所に一行がたどり着いたのは、日没前だった。そこがベルーナの浅瀬で、アスランは川の手前でみんなに止まるよう命じた。しかし、ピーターがこう言った。

「川の向こう側で野営したほうがいいのではないですか？　魔女が夜に襲ってきた場合を考えて」

アスランは、なにか別のことを考えていたようで、気持ちをふるい立たせるように美しいたてがみをふるうと「ん？　なんだと？」と聞き返した。ピーターはもう一度質問を繰り返した。

「いや」とアスランは、まるでそんなことはどうでもいいというように、鈍い声で言った。「今夜は魔女は襲ってこないだろう」そうして、深いため息をついた。でもしばらくすると「いやでも、よく思い至ったな。それこそ戦う者が考えるべきことだ。でもしかし、それについては大して気にしなくていい」と言った。そのあと、みんなは野営を張りはじめた。

その晩は、アスランの気分に全員が取り込まれていた。ピーターは自分たちだけで戦うことが不安でたまらなかった。アスランが戦いの場にいないかもしれないというのは大きな衝撃だった。その晩の夕ごはんの時間はみんな静かだった。誰もが、前の晩やその日の朝とはすっかり雰囲気が変わってしまったと感じていた。はじまったばかりの楽しい時間が、もう終わりに近づいているかのようだった。

スーザンはこの雰囲気に飲み込まれてしまい、寝床に入ってもなかなか寝付けなかった。横になって羊を数えながら何度も寝返りを打っていると、暗闇のなか、すぐ隣でルーシーが長いため息をついて寝返りを打つのが聞こえた。

「あんたも眠れないの？」とスーザンが尋ねた。

「うん」とルーシーは答えた。「もう寝ているのかと思ってた。ねえ、スーザン！」

「なに？」

「すごくいやな予感がするの。なにかよくないことが迫ってきているみたいに」

「ええ？　じつは、わたしもなの」

「アスランに、なにか恐ろしいことが起きようとしている。あるいは、アスランがなにか恐ろしいことをしようとしているんじゃないかな」とルーシーは言った。

「今日の午後、アスランはずっと様子がおかしかったよね」とスーザン。「ねえ、ルーシー。戦いのときにはわたしたちと一緒にいられないかもしれないってアスランは言っていたけれど、あれはどういう意味なの？　まさか今夜わたしたちを置いてこっそりどこかへ行ってしまうつもりじゃないでしょうね？　どう思う？」

「アスランはいま、どこにいるの？」とルーシーは言った。「テントの中？」

「ちがうと思う」

「ねえ、スーザン。外に出て、あたりを探してみようよ！　見つかるかもしれない」

「そうね」とスーザンは言った。「眠れずにここで横になっているよりも、そのほうがいいわ」

二人の少女は音を立てないように、寝静まったほかの子たちのあいだを手探りで進みながら、テントの外に出て行った。月が明るく照っていて、川のせせらぎの音をのぞけば、すべてが静寂に包まれていた。突然、スーザンがルーシーの腕をつかんで言った。「見て!」二人がいる野営地の反対側にある木立のあたりを、ゆっくり歩いて森に入っていくライオンの姿が見えたのだ。二人は黙ってライオンのあとをついていった。

アスランは川の谷間から急な坂道を登り、少し右に曲がった――どうやら、その日の午後に石舞台の丘からやって来たのと同じ道を歩いていくようだ。アスランは暗い木陰のなかに入ったり、淡い月明かりのなかに出てきたりしながら、どんどん進んでいく。ついていきながら、スーザンとルーシーの足はあまたの露でぐっしょりと濡(ぬ)れてしまった。

アスランは二人が知っているアスランとはどこかちがって見えた。しっぽと頭を低く垂らして、ひどく疲れているような足取りでゆっくり歩いていた。隠れる木陰がひとつもないひらけた場所を横切ろうとしたとき、アスランは足を止めてあたりを見回した。いまさら逃げても仕方がない。二人はアスランに近づいていった。すると、アスランが言った。

「ああ、子どもたちよ、なぜついてくるのだ？」

「眠れなかったんです」とルーシーは答えた――それ以上、なにも言う必要はないし、アスランには自分たちが考えていることなどお見通しだと思ったのだ。

「お願いです、わたしたちも一緒に行ってもいいですか？　あなたが向かおうとしている場所へ」とスーザンは尋ねた。

「そうだな――」とアスランは言って、少し考えているようだった。「今夜は誰かが一緒にいてくれたら、いいのかもしれない。ああ、そうしたら、ついてきなさい。でも、わたしが止まれと言ったら止まり、その先はわたしだけが行くと約束してくれるな？」

「ありがとう、ありがとうございます。約束しますとも」と少女たちは言った。

こうしてまた前へ進みはじめた。ルーシーとスーザンはそれぞれアスランの両脇を歩いた。それにしても、アスランの歩みの遅いこと！　そのうえ、大きくて高貴な頭は、鼻さきが草にかするくらい垂れていた。やがてアスランはよろめき、低いうめき声をあげた。

「アスラン！　親愛なるアスラン！」ルーシーが言った。「どうしたんですか？　教えてください」

「ねえ、アスラン、気分でも悪いんですか？」とスーザンは尋ねた。

「いや」アスランは言った。「わたしはただ、悲しくて孤独なのだ。たてがみの上に手を置いてくれないか。そうすればおまえたちがそこにいると感じられるから。そのままで歩こう」

　スーザンとルーシーは、はじめてアスランを見たときからずっとしたくてたまらなかったけれど、勇気がなくてアスランの許しがなくては絶対にできないと思っていたことをした——冷たくなった手を波のようにうねる美しい毛にうずめ、たてがみを撫でながら、アスランとともに歩いたのだ。

　やがて一行は、石舞台へとつづく丘の斜面を上りはじめた。背の高い木々が迫るように生えている横を通って最後の木（その木は根元が茂みに取り囲まれていた）にさしかかると、アスランは歩みを止めてこう言った。

「ああ、子どもたちよ。ここで止まりなさい。そしてなにがあっても、姿を見せてはならない。さあ、お別れだ」

　スーザンとルーシーは泣きじゃくりながら（なぜ自分たちが泣いているのかは、わからなかったが）アスランにしがみつくと、たてがみと鼻さきと前足、それから悲しそうな大きな瞳にキスをした。ライオンは二人から離れると、丘の頂上に向かって歩いて行った。ルーシーとスーザンは茂みのなかでしゃがみこんだまま、アスランを目で追いかけていた。すると、こんな光景が目に飛び込んできた。

　数え切れない生きものが、石舞台を取り囲むようにして立っている。月が照っているにもかかわらず、その多くが手にたいまつを持っており、そこから邪悪な赤い炎と黒い煙が立ち上っていた。しかし、その生きものたちと言ったら！　恐ろしい牙の生えた人食い鬼、オオカミ、牛の頭を持つ男。邪悪な樹木や毒草の精、そのほかにもここでは描ききれないような生きものがいた。もし詳細に記してしまえば、大人たちはこの本を読者のみなさんに読ませてくれなくなってしまうかもしれない。

　とにかくそこには、悪鬼、鬼婆、夢魔、生霊、もののけ、鬼神、小鬼、巨人といった、魑魅魍魎ばかりがいた。それは魔女の側についた輩たちで、オオカミが魔女の命令で呼び出したのだった。そして、その群れの真ん中で石舞台のそばに立っていたのは、ほかならぬ魔女だった。

　大きなライオンが自分たちのほうへ向かって歩いてくるのを目にした生きものたちから、遠吠えや怯えたような声があがり、一瞬、魔女でさえ恐怖に襲われたように見えた。でもすぐにわれに返り、野性味を帯びたすさまじい笑い声をあげた。

「たわけが！」と魔女は叫んだ。「愚か者がやって来たわ。さっさと縛り上げろ」

ルーシーとスーザンは息をひそめて、アスランが雄叫びをあげて敵陣に襲いかかるのを待っていた。しかし、そうはならなかった。いやらしい目つきをした四人の鬼婆たちがにやにやしながら――とはいえ（最初は）尻込みして、なかば恐れていたが――アスランに近づいていった。「早く縛り上げろと言うのが聞こえぬか！」と白い魔女は声を張りあげた。鬼婆たちはアスランめがけて突進し、アスランがまったく抵抗しないとわかると、勝利の歓声をあげた。

それからほかの者たち――邪悪なドワーフやサルたち――も駆けつけて加勢し、自分たちのあいだに巨大なライオンを仰向けに転がして、四本の脚をひとまとめに縛り上げ、まるで勇敢なことを成し遂げたかのように叫んだり喜びの声をあげたりした。もしアスランがその気になれば、片方の前足をひと振りしただけで、一人残らず息の根を止められていたかもしれない。だがアスランは、きつく縛り上げられてロープが体に食い込んでも騒がなかった。生きものたちはアスランを石舞台のほうへ引きずりはじめた。

「待て！」と魔女は言った。「まずはそやつの毛を刈ってしまえ」

魔女の従者たちから、また意地悪な笑い声が湧き起こった。そして刈りバサミを持った人食い鬼が進み出てきて、アスランの頭ちかくにしゃがみこんだ。刈りバサミがシャッシャッシャッと音を立てると、金色の巻き毛の束が地面に落ちていった。鬼が後ろに下がると、隠れたところから見ていたルーシーとスーザンからも、たてがみがなくなってすっかり小さくなり、見ちがえるほど変わってしまったアスランの顔が見えた。敵陣にも、そのちがいは一目瞭然だった。

「なんだ、これじゃただの大猫じゃねえか！」と一人が叫んだ。

「おれたちゃこんなものを恐れてたってのか？」と別の者が言った。

そうして化けものたちはアスランのまわりに押し寄せ「ネコちゃん！　かわいそうなネコちゃん」「今日はネズミを何匹つかまえたのかな？」「みゃおみゃお、ミルクはいかが？」などとアスランをあざ笑った。

ルーシーは涙を頬にしたたらせながら「なんてひどいことを！」と言った。「この、けだもの！」だが、最初の衝撃が過ぎてしまうと、毛を刈り上げられたアスランの顔は、ルーシーの目にはより勇敢で美しく映り、さらに忍耐強さを感じさせた。

「口輪をはめろ！」と魔女は言った。このときですら、化けものたちが口輪をはめようとした瞬間にアスランのあごが動いてひと嚙みでもすれば、二、三匹の腕はなくなっていただろう。しかし、アスランはびくともしなかった。それがまた暴徒たちを激昂させたようで、彼らは四方八方からアスランに襲いかかった。アスランが縛られたあとですら近づくのを恐れていた者たちも、今度は調子に乗って攻めてかかったので、数分間は、スーザンとルーシーからアスランの姿が見えなくなるくらいだった。生きものたちは何層にもなってアスランを取り囲み、蹴り、叩き、唾を吐き、野次を飛ばした。

ついに気が晴れると、彼らは脚を縛られて口輪をされたライオンを引っぱったり、押したりしながら石舞台まで引きずっていった。アスランはあまりに巨大で、そこまで連れていけても、石舞台に載せるのはひと苦労だった。載せたあとも、またロープで縛り、きつく締め上げた。

「臆病者！　臆病者！」とスーザンはむせび泣いた。「これでもまだ、アスランが怖いって言うの？　こんなふうになっても？」

アスランが平らな石の上に縛りつけられると（何重にもぐるぐる巻きにされていた）群衆はしんと静まりかえった。四人の鬼婆は四本のたいまつを手に、石舞台の四つ角にそれぞれ立っていた。魔女は前の晩にエドマンドをいけにえにしようとしたときと同じように、両腕をむき出しにしてナイフを研ぎはじめた。たいまつの明かりに照らされたナイフは、子どもたちの目には、鋼鉄ではなく石でできているように見えた。奇妙で邪悪な形をしていた。

ついに魔女はアスランに近づいていった。そしてアスランの頭のそばに立った。魔女の顔は興奮でひきつっていたが、アスランは怒りも恐れもない表情で、ただ少し悲しげに静かに空を見上げていた。一撃を加える寸前に魔女はアスランの顔の前に身をかがめて、打ち震えるような声で言った。

「さあ、勝ったのはどっちだ？　愚か者め、こんなことで人間の裏切り者を救えると思ったのか？　これから、あやつの代わりにおまえを殺す。取り決めのとおりにな。それでこそ、いにしえの魔法が叶うというものよ。だが、おまえが死んだら、わたしがあの小僧を殺すのをじゃまする者はいるのか？　わたしの手からあやつを奪える者はいるのか？　わかるか。おまえのおかげで、ナルニア国は永遠にわたしのものになったのだ。おまえは命を失うだけで、あやつの命を救えもしない。それを思い知りながら、絶望のうちに死ぬがいい」

子どもたちは実際にアスランが殺される瞬間を見なかった。とても見ていられず、目をおおってしまったのだ。

# 第十五章　時のはじまりより古い、いにしえの魔法

　スーザンとルーシーが両手で顔をおおったまま、茂みのなかでしゃがみこんでいると、魔女が叫ぶ声が聞こえてきた。

「さあ、みなの者、ついてこい。残りの戦いに方(かた)をつけるのだ！　大バカ者である大きな猫が死んだいま、人間の虫けらどもや裏切り者を討ち滅ぼすのにそう時間はかかるまい」

　このとき、子どもたちはほんの数秒だが、かなり危険な状態にさらされた。野生の雄叫びと、甲高いラッパや鋭い角笛の音とともに、卑劣な生きものたちの群れが丘の上から流れるように下りてきて、二人が隠れている場所のすぐそばを通ったからだ。

　スーザンとルーシーは亡霊たちがすぐそばを冷たい風のように通り過ぎ、疾走するミノタウロスたちの足で地面が揺れるのを感じた。頭上では不潔な翼が舞い乱れ、ハゲタカや巨大なコウモリが黒い影を落としていた。ほかのときならば二人とも、恐ろ

しさに打ち震えていたことだろう。しかしいま、二人の心は悪夢のようなアスランの死に対する悲しみと悔しさでいっぱいで、恐怖すらほとんど感じていなかった。

　ふたたび森が静まり返ると、スーザンとルーシーは這い出して丘の上へ駆けていった。いまではもう月は低いところにあり、霞がかかっていたが、縛られたまま死んだライオンの姿が見えた。スーザンとルーシーは濡れた芝の上にひざまずくと、アスランの冷たくなった顔にキスをして、美しい毛——刈られずにまだ残っていた毛だ——を撫でながら、涙が涸れるまで泣いた。そして二人して顔を見合わせると、さみしさから手を取り合って、また泣いた。そうして、またしんと静かになった。しばらくして、ルーシーが口を開いた。

「とてもじゃないけど、この恐ろしい口輪は見ていられないわ。どうにかして外せないかな?」

　二人はやってみることにした。何度も失敗したが（指がかじかんでいて、夜もかなり深まっていたからだ）なんとか取り外せた。口輪が外れたアスランの顔を見ると、二人はまた急に泣きはじめ、顔にキスをして、撫でて、できる限り血と泡を拭き取った。それはとてつもなく寂しくて、絶望的で、恐ろしい光景で、とてもここには書き表しきれない。

「ロープもほどけないかな？」しばらくするとスーザンが言った。しかし敵陣が憎しみを込めてきつく結んだロープは、二人にはほどけなかった。

読者のみなさんは、あの晩のスーザンとルーシーくらいみじめな思いをしたことがないといいのだが、もし経験があるのなら――つまり一晩じゅう眠れずに、涙が涸れるまで泣いたことがあるのなら――最後にはある種の静寂が訪れるのをご存じだろう。もうこれ以上、なにも起きないような気がしてくるのだ。

とにかく、この日のスーザンとルーシーにはそう感じられた。まったくの静寂のなかで何時間も時間が過ぎていくように思え、二人は自分たちの体が冷えていくことにも、ほとんど気を留めなかった。だが、しばらくしてルーシーはふたつのことに気がついた。

ひとつは、丘の上から見える東の空が一時間前より少し明るくなっていること。もうひとつは、足もとの芝生でなにかがちょこちょこと動いていることだ。最初はとりわけ気にしておらず、それがなんだって言うのよ？　そんなのどうだっていい！　と思っていた。でもとうとうルーシーは、なにかが石舞台の直立した石を伝って上に向かっていくのを見た。いまやそれは、アスランの体の上をうごめいている。ルーシーは目をこらして見た。すると、灰色をした小さな生きものが動いていた。

「ひゃあ!」石舞台の反対側からスーザンが声をあげた。「なんなのこれ! 小さなネズミがアスランの体の上を這っているんだわ。こら、あんたたち、あっち へ行きなさい!」そして、手で追い払おうとした。

「待って!」ネズミたちの様子をじっと見ていたルーシーが言った。「ねえ、この子たちがなにをしてるかわからない?」

二人の少女は身をかがめてじっくりと見た。

「ひょっとして……」とスーザンが言った。「まさか! ロープを噛みちぎろうとしてるの!?」

「そうだと思う」とルーシー。「この子たちはわたしたちの味方なのよ。かわいそうに、アスランが死んだことに気づいていないのね。ロープをほどけば何とかなると思っているのよ」

あたりはもうすっかり明るくなっていた。二人はようやく相手の青白い顔が見えるようになった。それに何十匹、何百匹もの小さな野ネズミが、ロープにかじりついているところも。しばらくすると、一本、また一本とロープが切れて、すべてのロープが噛みちぎられた。

東の空は白みがかっていて、星々もだんだん薄くなっていた——いま見えるのはもう、東の地平線近くにあるとても大きな星ひとつだけだった。スーザンとルーシーは、その晩で一番の強い寒さを感じた。ネズミたちはまた、ちょこちょこと戻っていった。

スーザンとルーシーはかじられたロープの残骸を片付けた。縛られていないと、アスランは幾分かいつものアスランらしく見えるようになった。日の光が強くなり、あたりが明るくなるにつれて、アスランの死に顔はますます気高さを増していった。

二人の背後の森で、鳥がクックッと笑い声のような声で鳴いた。何時間もずっと静まり返っていたので、その音に少女たちはびくっとした。すると、また別の鳥がそれに応えるように鳴いた。やがて、あちこちで鳥のさえずりが聞こえはじめた。

もう夜更けではなく、朝だった。

「すごく寒い」とルーシーが言った。

「わたしも」とスーザンが言った。「ちょっと歩こうか」

二人は丘の東のはしまで歩いていって、眼下に広がる景色を見た。さっき見えた大きな星もほとんど消えていた。ナルニア国全体が濃い灰色に染まっていたが、その先の、世界の終わりにつづくあたりには、おぼろげに海が見えた。空が赤くなりはじめていた。スーザンとルーシーは、死んだアスランと東の尾根のあいだを数え切れないほど何度も行ったり来たりして体を温めた。なんと脚が疲れたことか！　ようやく足を止めて、海やケア・パラヴェル（ようやく見分けられるようになってきたところだった）をながめていると、海と空がとけあう線に沿って赤が金色に変わり、ゆっくり太陽が顔を出しはじめた。

　ちょうどそのとき、背後から大きな音が聞こえた――まるで巨人が巨人用の皿をたたき割ったような、耳をつんざくような音だった。

「何の音？」ルーシーはスーザンの腕をつかんで言った。

「わたし……怖くて振り向けない」とスーザンが言った。「なにか恐ろしいことが起きているんだわ」

「あいつらがアスランに、またひどいことをしているんだよ」とルーシーが言った。「さあ、行こう！」そしてスーザンを引っぱって、二人で一緒に振り返った。

　昇る太陽に照らされて、なにもかもがそれまでとはちがって見えた。あらゆる色や影が変わってしまったので、一瞬、二人は重要なことを見逃していた。でもすぐに、気づいた――石舞台のはしからはしまで大きな亀裂が走っていて、真っ二つに割れていたのだ。そして、アスランの姿が消えていた。

「ああ、なんてことなの！」少女たちは叫びながら、石舞台に駆け寄った。

「ひどいよ」とルーシーが泣いて言った。「なきがらは放っておいてくれればよかったのに」

「誰のしわざなの？」とスーザンは嘆いた。「どういうこと？　これも魔法なの？」

「そうだよ！」二人の背後から大きな声が聞こえた。「これもまた魔法なのだ」スーザンとルーシーはあたりを見回した。するとそこには、昇る朝日に照らされながら、これまでよりもずっと大きくなったアスランが、たてがみを揺らして立っていた（また生え揃(そろ)ったようだった）。

「ああ、アスラン！」少女たちは叫び声をあげてアスランを見上げたが、喜びと同じくらい恐ろしさを感じていた。

「アスラン、亡(な)くなったのではないのですね？」とルーシーが言った。

「いまはもうちがう」とアスランは言った。

「ということは……まさか……？」スーザンは震える声で尋ねた。「幽霊」という言葉を口にする勇気がなかったのだ。アスランは黄金の頭を下げて、スーザンの額を舐(な)めた。息の温かさと、毛に漂う豊かな匂(にお)いにスーザンは包みこまれた。

「そう見えるか？」とアスランは言った。

「ああ、ほんものなんですね。ほんものなんだ！　ああ、アスラン！」ルーシーが叫ぶと、スーザンも一緒にアスランに飛びついて、たくさんのキスを浴びせた。

二人が少し落ち着きを取り戻すと「それにしても、いったいこれはどういうことなのですか?」とスーザンが尋ねた。

「つまり、こういうことだ。魔女はたしかにいにしえの魔法を知っていたわけだが、それよりもさらに古い魔法があることは知らなかったのだ。知っていたのは時のはじまりから先のことだけ。しかしもう少し前にさかのぼり、時がはじまるより前の、静寂と暗闇(くらやみ)を見ていたのなら、ちがう魔法を読み解けたことだろう。それは、裏切ったことのない者がみずから進んでいけにえとなり、裏切り者の身代わりとして殺された場合、石舞台に亀裂が入り、死が時を逆行しはじめるというものだ。さあ、では――」

「では?」とルーシーは飛び上がって手を叩(たた)きながら訊いた。

「ああ、子どもたちよ」とアスランは言った。「力がみなぎってくるのがわかる。さあ、できるものならわたしをつかまえてごらん!」アスランはつかのま立ち上がり、目をキラキラと輝かせると、四肢を震わせながらしっぽを振って鞭(むち)のように体を打った。そしてスーザンとルーシーの頭上を高く跳び越えて、石舞台の反対側におり立った。ルーシーは自分でもなぜかわからなかったが、笑いながら石舞台をよじ登り、アスランをつかまえようと手を伸ばした。するとアスランはふたたび高く跳びあがった。

そうして目が回るような追いかけっこがはじまった。アスランは丘の上をぐるぐると回って二人を走らせつづけ、彼女たちの手が届かないところまで逃げたと思ったら、今度はもう少しでしっぽをつかめるくらい近くをすり抜け、二人のあいだに飛び込んできた。それから、美しくてやわらかな大きな前足で二人を宙に放り投げてから受け止めたり、不意に止まったりしたので、みんなは毛や手や足のかたまりみたいになって楽しそうに笑い転げた。

こんな遊び方はナルニア以外では考えられなかった。雷神と遊んでいると言ったらいいのか、子猫とじゃれ合っていると言ったほうが近いのか、ルーシーにはよくわからなかった。そして不思議なことに、息を切らして太陽の下で寝転んでいても、スーザンもルーシーも疲れや空腹、喉（のど）のかわきを少しも感じなかった。

「さて」しばらくしてアスランは言った。「そろそろ仕事にとりかかろう。思い切り吠（ほ）えたい気分だな。おまえたちは耳の中に指を入れておくといい」

二人は言われたとおりにした。アスランが立ち上がり、口を開いて吠えると、あまりにも恐ろしい顔になったので、少女たちはとても直視できなかった。咆哮が起こした爆風に吹かれて、アスランの前に生えている木々が、まるで風の吹く草原で草がなびくみたいにいっせいにしなった。それからアスランが言った。

「これから長い旅がはじまるぞ。わたしの背中に乗りなさい」アスランが身をかがめると、子どもたちは温かい金色の背中によじ登り、スーザンが前に座ってたてがみをしっかりと握りしめ、ルーシーはその後ろでスーザンにしっかりとつかまった。アスランは二人を乗せてゆっくりと体を持ち上げると、どんな馬よりも速く丘を駆け下りて、森のなかに飛び込んでいった。

それは、スーザンとルーシーがナルニア国で経験したことのなかでも、とりわけすばらしい出来事だったかもしれない。読者のみなさんは、馬で疾走したことはあるだろうか？　重いひづめの音と轡(くつわ)ががちゃがちゃいう音は忘れて、大きな前足がほとんど音を立てることなく大地を踏みしめるところを想像してみてほしい。それから、黒や灰色や栗色(くりいろ)をした馬の背中の代わりに、弾むような黄金の毛と、風になびくたてがみも。しかも、一番速い競走馬の二倍ものスピードで走るところを思い描いてみてもらいたい。馬とちがって誘導しなくていいし、疲れも知らない。足を踏み外すこともなく全速力で走りつづけ、ためらいもせずに木々のあいだを完璧(かんぺき)にくぐり抜け、藪(やぶ)や灌木(かんぼく)、小川を飛び越え、大きな川を歩いて渡り、さらに広い川は泳いで渡るのだ。

しかも、駆け抜けているのは道路でも公園でも下り斜面でもなく、春たけるナルニア国。荘厳なブナの並木道を進み、オークが生えている日当たりの良い空き地を越え、雪のような白い花をつけた桜の園を通り抜け、とどろく滝、苔(こけ)むした岩場、こだまの響く洞窟(どうくつ)を通って、ハリエニシダの茂る風の強い坂道を上り、ヒースにおおわれた山々を越え、目がくらむような尾根をたどり、さらに下って、下って、また荒涼とした谷に入り、そしてどこまでも青い花が咲き乱れる広い場所に出ていくのだ。

ルーシーたちが険しい丘の中腹にやってきて、尖(とが)った塔ばかりが目立つ城を眼下にながめるころには、もう昼に差し掛かろうとしていた。一行がいる場所から見ると、おもちゃの城のように小さかった。しかし、アスランが猛スピードで坂を駆け下りていくうちに城は次第に大きくなり、あれは何だろうと思う暇もないうちに目の前にまで迫ってきた。正面から見ると、城はおもちゃとはほど遠く、おごそかにそびえ立っていた。城壁の上から顔を出す見張りの

姿もなく、門は固く閉じられている。アスランは速度を緩めずに、弾丸のような勢いでまっすぐ門に向かって駆けていった。

「ここが魔女の館だ！」とアスランは叫んだ。「さあ、子どもたち、しっかりつかまっているんだぞ」

次の瞬間、世界全体がひっくり返ったようになり、ルーシーとスーザンはもぬけの殻になってしまったのかと思った。身をかがめたアスランが、これまでにないほど大きく跳び上がって――むしろ飛んでいると言ったほうがいいかもしれない――城壁を越えたのだ。二人の少女は息も絶え絶えだったが、怪我ひとつせずにアスランの背中から転げ下りた。そこは広い石の中庭の真ん中で、石像が立ち並んでいた。

# 第十六章　よみがえる石像

「なんておかしな場所なの！」とルーシーは声をあげた。「この石でできた動物たちはいったいなんだろう。人間の像もあるじゃない！　まるで美術館ね」

「しぃっ」とスーザンが言った。「アスランがなにかしているわ」

そのとおりだった。アスランは石のライオンに躍りかかると、息を吹きかけた。それから躊躇（ちゅうちょ）することなく、さっと振り返り――まるで猫が自分のしっぽを追いかけるみたいに――ライオンの像から一メートルほど離れたところで背を向けて立っていた石のドワーフ（読者のみなさんは記憶にあるだろう）にも息を吹きかけた。石のドワーフの向かい側に立っていた背の高い石のドリュアスにも同じことをして、素早く向きを変えると右側にいた石のウサギに取り掛かり、そのあとは二人のケンタウロスめがけて突進していった。でもそのとき、ルーシーが声をあげた。

「スーザン、見て！　あのライオンを見てよ！」

読者のみなさんも、暖炉に火を起こすとき、火格子(ひごうし)に立て掛けた新聞紙にマッチで火をつけるのを見たことがあるだろう。しばらくはなにも起きていないように思えるが、そのうち小さな炎の筋がめらめらと新聞紙の縁に沿って広がっていく。いま起きていることもそれに似ていた。

アスランが石のライオンに息を吹きかけると、少しのあいだは、なにも変化がないように見えた。でもそのうちに、ライオンの白い大理石の背中に細い金色の筋が走り、みるみるうちに広がっていき、ちょうど炎が新聞紙の縁をめらめらとなめるように、ライオンの全身を金色が包み込んでいった。

体の下半分はまだ明らかに石のままだったが、ライオンがたてがみをふるうと、折り重なった重たい石のひだが、さざ波のようになびいてほんものの毛に変わった。それからライオンは、温かくて生気のある大きな赤い口を開けて、びっくりするくらい大きなあくびをした。いまでは後ろ脚も生き返り、ライオンは片脚を持ち上げて体を掻(か)いた。そしてアスランを見つけると、飛び跳ねるようにしてあとを追いかけ、嬉(うれ)しそうな鳴き声をあげながらまとわりつき、跳ね上がってアスランの顔を舐めた。

もちろん、スーザンとルーシーはそのライオンを目で追っていた。でも目の前で繰り広げられている光景があまりにすばらしくて、すぐにそのことを忘れてしまった。

あちこちで石像が命を吹きかえしていた。こうして見ると中庭は、もはや美術館ではなくて、動物園のようだった。生きものたちはアスランのあとを追いかけ、アスランの姿が埋もれて見えなくなるくらい、まわりを取り囲んで踊った。

　完全に白一色だった中庭は、ケンタウロスの艶(つや)やかな栗色の毛、ユニコーンの藍色(あいいろ)の角、鳥たちのまばゆい羽の色、キツネや犬やサテュロスの赤茶色、ドワーフの黄色のタイツと深紅のフード、そしてシラカバの精の女の子たちの銀色、ブナの精の女の子たちのみずみずしく透明な緑、カラマツの精の女の子たちの黄色と見間違うくらい明るい緑色で輝いていた。そして、それまでしんと静まりかえっていた中庭に、幸せな雄叫びやいななき、吠え声、キャンキャン、キーキー、クークー、ヒヒーンという鳴き声、足を踏み鳴らす音、叫び声、歓声、歌声、笑い声が鳴り響いていた。

「ねえ！」スーザンが少しちがった声で言った。「見て！　あれは大丈夫なのかしら？」

　ルーシーが目を向けると、ちょうどアスランが石の巨人の足に息を吹きかけたところだった。

「大丈夫だよ！」とアスランは嬉しそうに叫んだ。「足が元に戻れば、あとは自然についてくるから」

「そういう意味じゃなかったんだけどな……」とスーザンはルーシーに小声で言った。アスランが彼女の言う意味をわかっていたとしても、もう手遅れだった。すでに巨人の脚は下から上に向けて変わりはじめていて、いまではもう足を動かせるくらいだったからだ。すぐに、巨人は肩からこん棒を下ろすと、目をこすりながら言った。

「おやおや！　うっかり寝てしまっていたようだなあ。さあて！　地べたを這いずり回っていたあの忌々しい魔女はどこだ？　おいらの足もとにいたはずだけど」みんながいま起きたことを説明しようと上のほうに向かって叫ぶと、巨人は耳に手をあてて、もう一度同じことを最初から繰り返させたが、ようやく事態を理解して、頭が干し草の山のてっぺんについてしまうくらい深くおじぎをした。

　そして、正直そうだが醜い顔を輝かせながら、アスランのほうを向いて何度も自分の帽子に手をやり、敬意を示した（現在のイギリスでは巨人はかなり珍しく、また気立てのいい巨人もそういないので、十中八九、喜びに満ちた顔をした巨人を見たことがある人はいないだろう。そんな巨人がいたなら、一見の価値ありだ）。

「さあ、次はこの館の中だ！」とアスランは言った。「みんな、急げ！　上の階も下の階も、そして〝女王さま〟の部屋もだ！　隅々まで探すんだ。どこに哀れな囚人が閉じ込められているかわからないからな」

そうして、みんなで館の中へ突入すると、次の数分間は、暗くて恐ろしくてかび臭い古城のあちこちで、窓を開け放つ音や「地下牢を忘れるな！」「このドアを開けるのに手を貸してくれ！」「ここにまた小さならせん階段があるぞ」「ああ、かわいそうに、ここにカンガルーがいる。アスランを呼べ」「ひいい、ここはなんてひどい臭いなんだ！」「落とし戸に気をつけろ」「ほらここ！　踊り場にはもっとたくさんいるぞ！」などという声が響き渡った。しかし最高だったのは、ルーシーが大声で叫びながら、急いで二階に上がってきたときだった。

「アスラン、アスラン！　タムナスさんを見つけたんですよ！　ねえ、早く来て！」

まもなくすると、ルーシーと小さなフォーンは両手を取り合って、喜びのあまりくるくる踊りはじめた。フォーンは石像に姿を変えられる前とちっとも変わらず、当然のことながら、ルーシーの話を聞きたがった。

そうしてついに魔女の要塞の捜索が終わった。空っぽになった城のありとあらゆるドアと窓が開け放たれると、待っていましたと言わんばかりに、光や甘い春の空気が暗く邪悪な城内に流れ込んでいった。石像からよみがえった生きものたちは、群れになって押し寄せるようにして中庭に戻ってきた。そしてそのとき、誰かが（おそらく、タムナスさんだろう）はじめてこの質問を口にした。

「それにしても、どうやってここから出ればいいんですかね？」

　アスランは壁を跳び越えて城の中に入ってきたので、門にはまだ鍵（かぎ）がかかったままだったのだ。

「大丈夫だ」とアスランは言い、後ろ脚で立ち上がると、巨人に向かって大声で叫んだ。「やあ！　上のほうにいるきみ。名前は何という？」

「巨人のランブルバフィンでございます」と巨人は言って、また帽子に触れた。

「では、巨人ランブルバフィンよ」とアスランは言った。「わたしたちをここから出してくれないか？」

「もちろんでさあ。喜んで」と巨人は言った。そして「ちびさんたちは、門から離れていてくださいよ」と言うと、門に向かって歩いていき、ガン、ガン、ガンと巨大なこん棒を振り下ろした。門は最初の一撃で軋（きし）み、二打目でひびが入り、三打目でぐらぐらになった。

　それから巨人が門の両脇（りょうわき）に立っている塔に体当たりをはじめると、数分後には塔と両脇の壁のかなりの部分が、ガラガラドスンと音を立てながら跡形もなくバラバラに崩れ落ちた。ほこりがおさまったあと、殺風景な石の庭に立って壁の隙間（すきま）から外の景色を見るのは奇妙な感じだった。草原や揺らめく木々や、森を流れる小川の輝き、その先の緑の丘、そしてそのまた先には空が広がっていた。

「おやまあ、こんなに汗をかいちまった」と巨人は言い、巨大な機関車のように息を吐いた。「まだ調子がいまひとつだからだなあ。お嬢ちゃん方のどちらか、ハンケーチーと言われるものをお持ちでないですかねえ？」

「わたし、持ってます」とルーシーは言って、つま先立ちになってできるだけ手を上に伸ばしてハンカチを見せた。

「ありがとう、お嬢ちゃん」と言って、ランブルバフィンは身をかがめた。次の瞬間、ルーシーはぎょっとした。巨人の親指と人差し指に挟まれて、体が宙に浮いていたからだ。でも、ルーシーが顔に近づいてくると、ランブルバフィンは急にはっとして、優しくルーシーを地面に下ろし「おやおや！　間違えて小さな女の子をつまんじまった。失礼しましたな、お嬢ちゃん。あんたがハンケーチーだと思っちまったですよ！」とつぶやいた。

「いえいえ」とルーシーは笑いながら言った。「ほら、これ！」今度は間違えずにハンカチをつまんだが、ランブルバフィンにしてみれば、ハンカチなど読者のみなさんにとっての薬のひと粒と同じくらいの大きさでしかなかった。だから彼が厳粛な面持ちで、真っ赤になった大きな顔をハンカチでごしごしと拭いているのを見て、ルーシーは言った。「残念だけど、そのハンカチじゃ、あまりお役に立たないわね、ランブルバフィンさん」

「そんな、そんなあ」と巨人は礼儀正しく言った。「こんなにりっぱなハンケーチーはお目にかかったことがないです。えらくすてきだし、使いやすいし。それに……あとはなんて言えばいいのかわからんですけど」

「なんて良い巨人なの！」とルーシーはタムナスさんに言った。

「ええ、本当に」とフォーンは答えた。「バフィン族は、昔からみんなそうでした。ナルニア国の巨人のなかでもとりわけ尊敬されている一族なんです。もしかすると、頭はあまり良くないかもしれませんが（頭の良い巨人なんていませんからね）、歴史ある一族です。伝統がありますしね。もし彼がちがう一族の出身ならば、魔女に石にされることもなかったでしょう」

　ここでアスランは両手を打ち鳴らして、静粛を呼びかけた。

「われわれの仕事はまだ終わったわけではないぞ」とアスランは言った。「眠りにつくまでに魔女を倒したいのなら、すぐに決闘の場を見つけなければならない」

「そして戦うんですね！」ケンタウロスのなかでも一番大きな者が叫んだ。

「そのとおりだ」とアスランは言った。「さあ！　ついてこられない者たち――つまり子どもやドワーフ、小さな動物たち――は、ついてこられる者――つまりライオンやケンタウロス、ユニコーン、馬、巨人、ワシ――の背中に乗るんだ。鼻の利く者は、われわれライオンとともに前を走り、決闘の場所を嗅ぎ分けよう。急いで整列してくれ」

するとは彼らは、大騒ぎして歓声をあげながら従った。一番喜んでいたのはもう一頭のライオンで、あちこちを走り回って忙しそうにしていたが、なにをしていたかというと、見かけた者にやみくもにこう言うのだった。「アスランが言ったことを聞いたかい？　われわれライオンっていうのはつまり、アスランとぼくのことだよ。われわれライオンだってさ。だからぼくはアスランが好きなんだ。いばらないし、とりすましてもいない。われわれライオン。それはアスランとぼくのことなんだ」そんなことを言い回っていたが、アスランに、三人のドワーフと、一人のドリュアス、二匹のウサギ、一匹のハリネズミを背中に乗せられると、やっと少し落ち着きを取り戻した。

全員の準備が整うと（実際のところ、アスランが生きものたちを正しく整列させるのに一番役に立っていたのは、大きな牧羊犬だった）、彼らは壊れた城壁にできた隙間をくぐり抜けて出発した。最初、ライオンと犬たちは四方八方を嗅ぎ回っていたが、突然、一匹の大きな猟犬が匂いを嗅ぎつけて吠え声をあげた。それからは、無駄にする時間はなかった。すぐに、犬やライオンやオオカミなどの狩猟動物は、鼻を地面につけて全速力で走り出し、ほかの者たちも、そのうしろを一キロほどの列に連なって必死でついていった。まるでイギリスのキツネ狩りのようにけたたましい物音がしていたが、猟犬の鳴き声にもう一頭のライオンの吠え声が混じり、ときにはアスランのはるかに深くて恐ろしい咆哮（ほうこう）が聞こえたから、それ以上の迫力があった。

匂いが近くなるにつれて、生きものたちは速度を上げた。そして、曲がりくねった狭い谷間の最後のカーブにさしかかったとき、ルーシーは彼らの立てる騒音とはまたちがう音を耳にした。それは、胸騒ぎを覚えるような音だった。叫び声や悲鳴だけでなく、金属と金属がぶつかり合うような音が聞こえてきたのだ。

狭い谷間から出ると、ルーシーはすぐにその音の正体を知った。ピーターとエドマンドをはじめとするアスランの軍隊が、昨夜見た恐ろしい化けものたちの群れを相手に無我夢中で戦っていたのだ。こうして太陽の光の下で見ると、化けものの姿はいっそう異様で恐ろしく、醜かった。しかも、数がだいぶ増えたようだった。ルーシーに背を向けて戦っているピーターの軍勢は、ずいぶん数が少ないように思えた。

戦場のあちこちに石像が立っているのを見ると、どうやら魔女が杖（つえ）を使ったようだった。だがいまは杖の代わりに石のナイフで戦っていて、相手はピーターだった。二人ともあまりにも激しくやり合っているので、ルーシーにはなにが起きているのかよくわからないくらいだった。

めまぐるしい速さで動く石のナイフとピーターの剣は、まるで三本のナイフと三本の剣のように見えた。ピーターと魔女は戦場の中央にいて、両側には陣形が広がっている。どこに目をやっても、恐ろしい光景が繰り広げられていた。

「背中から降りるんだ、子どもたち」とアスランが叫ぶと、ルーシーとスーザンは転げ落ちるように降りた。すると偉大なる獣アスランは、西の街灯から東の海の海岸まで、ナルニアじゅうを震撼させる雄叫びをあげて、白い魔女に跳びかかった。ルーシーは一瞬、魔女がアスランのほうに顔を上げて、恐怖と驚きの入り混じった表情を浮かべたのを見逃さなかった。ライオンと魔女は倒れこむように転がり、魔女が下敷きになった。

それと同時に、アスランが魔女の館から連れてきた血気盛んな生きものたちが、猛烈な勢いで敵陣に向かって突進していった。戦斧を持ったドワーフや、牙をむき出した犬、こん棒を持った巨人（その足で何十もの敵を踏み潰していった）、それにユニコーンが角を、ケンタウロスが剣とひづめを使って戦うのを見ると、疲れ果てていたピーターの軍勢は歓呼した。新たに戦いに加わった者たちは雄叫びをあげ、それに敵の悲鳴や鳴き声が混じり合った戦いの喧騒（けんそう）が、森にこだましつづけた。

# 第十七章　白シカ狩り

戦いは、アスランたちが到着して数分後には終わった。敵の大半は、アスランが率いる軍による最初の攻撃で死んだ。生き残った者たちも魔女が死んだのを見ると、降参するか、逃げていった。

次にルーシーが覚えているのは、ピーターとアスランが握手をしているところだった。不思議なことに、ピーターはいつもとはちがうように見えた。血の気が引いた顔はいかめしく、実際よりもずっと大人のように思えた。

「ぜんぶ、エドマンドの手柄なんです、アスラン」とピーターが話していた。「エドマンドがいなければ、ぼくらはやられていた。魔女はぼくらの軍を次々と石に変えていったけれど、エドマンドは少しもひるみませんでした。三匹の人食い鬼を倒したあと、魔女があなたについていたヒョウを石像にしようとしたところへ斬り込んでいったんです。魔女のところまで来ると、エドマンドは剣で魔女の杖を叩き切った。もし正面から斬りかかっていたら、石像にされてしまったでしょう。ほかのみんなは、そうやって石にされてしまったんですから。魔女の杖が壊れたあとは、ぼくたちにもいくらか勝算が出てきました。あの時点で、あそこまでやられていなかったら！　エドマンドもひどい怪我を負っていたから、すぐに手当てしないと」

ピーターたちは、戦列から少し離れたところでビーバーのおばさんに手当てしてもらっているエドマンドを見つけた。体は血まみれで、口は半開きで、顔は緑がかったひどい色をしていた。

「ルーシー、急ぐんだ」とアスランが言った。

そのとき、ルーシーははじめて、クリスマスのプレゼントにもらった貴重な薬のことを思い出した。手が震えてなかなか栓を外せなかったが、なんとか外し、兄の口に数滴垂らした。

エドマンドの青白い顔をじっと見つめながら、薬が効くかどうか心配するルーシーの横で「ほかにも怪我をしている者がいる」とアスランが言った。

「ええ、わかってます」とルーシーはうるさそうな声で言った。「でも、ちょっと待って」

「イヴの娘よ」アスランは重々しい声で言った。「ほかの者たちも死の瀬戸際（せとぎわ）にいる。

エドマンドのために、これ以上死者をだそうというのか？」

「ごめんなさい、アスラン」ルーシーはそう言って立ち上がると、アスランについて行った。それからの三十分は、忙しかった——ルーシーは負傷者の手当てをし、アスランは石に変えられた者たちをよみがえらせた。

ようやくルーシーが戻ってくると、エドマンドは自力で立ち上がれるようになっていて、傷も治っていた。それだけでなく、これまで（もう何年も）見たことがないほどいい顔つきをしていた（例の最悪な学校に通いはじめてから、エドマンドはひねくれ者になってしまっていたのだが）。でもいまや、また本来のエドマンドに戻り、相手の顔をまともに見られるようになっていた。アスランは、戦場でエドマンドに騎士の称号を授けた。

「エドマンドは知っているの？」ルーシーは小声でスーザンに尋ねた。「アスランがエドのためにしたことを？　それに魔女とどんな取り決めをしたかを？」

「しぃっ！　もちろん知らないわ」とスーザンは言った。

「エドマンドに話すべきじゃない？」とルーシー。

「そんなのだめよ」とスーザンが答えた。「あまりにもむごすぎる。もし自分がエドマンドの立場だったらどう思うの？」

「それでもエドマンドは知るべきだと思う」とルーシーは言った。しかしそこで誰かがやって来て、二人の話は中断された。

その夜は、そのまま野営を張ることになった。アスランがどのようにしてみんなの食べものを調達したのかはわからないが、ともかく八時頃になると、みんなは芝生に座って、じゅうぶんな食事を口にすることができた。

次の日、アスランの軍は大きな川沿いを東に向かって歩きはじめた。そして翌日のお茶の時間のころ、河口に到着した。頭上に見える小さな丘の上にはケア・パラヴェルの城がそびえ立ち、目の前には砂浜が広がり、ごつごつした岩場や潮溜まりや海藻が見える。海の匂いがして、何キロもつづく青みを帯びた緑色の波がいつまでも浜辺に打ち寄せていた。それから、ああ、カモメの鳴き声といったら！　読者のみなさんは、聞いたことがあるだろうか？　あの声を思い出せるだろうか？

その晩、夕食が終わると、四人の子どもたちはまた浜辺に下りていき、靴と靴下を脱いで、足の指のあいだに砂が入ってくる感触を楽しんだ。しかし、次の日は一転して厳粛な雰囲気だった。ケア・パラヴェルの大広間――象牙張りの天井に、西側の壁にはクジャクの羽根が飾られ、東側の扉からは海が見えるすばらしい場所――で、仲間たちに見守られ、トランペットの音が鳴り響くなか、アスランがおごそかに四人の頭に冠を載せ、四つの王座に導いたのだ。大広間は「ピーター王、ばんざい！　スーザン女王、ばんざい！　エドマンド王、ばんざい！　ルーシー女王、ばんざい！」という、耳をつんざくばかりの大きな歓声に包まれた。

「ひとたびナルニア国の王や女王の座に就いた者は、永遠にナルニアの王や女王でありつづける。よく覚えておくのだよ、アダムの息子たち！　忘れてはならないよ、イヴの娘たち！」とアスランは言った。

すると大きく開かれた東側の扉の外から、男と女の人魚たちが海岸近くを泳ぎながら、新しい王と女王を称（たた）える歌を歌う声が聞こえてきた。

王座に就いて、王笏（おうしゃく）を手にした子どもたちは、仲間の一人ひとりを称え、褒美（ほうび）を与えた。そのなかには、フォーンのタムナスさんやビーバー夫妻、巨人ランブルバフィンやヒョウたち、それに味方についたケンタウロスやドワーフ、そして例のもう一頭のライオンもいた。

その夜、ケア・パラヴェルでは大きな祝宴が開かれ、飲めや歌えや踊れやの大騒ぎとなり、黄金がきらめき、ワインがそそがれ、城から聞こえる音楽に応えるように、海の者たちが奏（かな）でる、不思議で心地よくて胸に染（し）み入る音色が聞こえてきた。

しかし、こうしてみんなが喜びに酔いしれるなか、アスランはそっと静かにその場をあとにした。王と女王たちはアスランがいないのに気づいても、なにも言わなかった。ビーバーのおじさんから「アスランはいつの間にかやってきて、いつの間にかいなくなるんです」と前に聞かされていたからだ。「今日アスランを見かけたとしても、明日にはもういないかもしれない。アスランは束縛を好みませんし、当然のことながら、ほかの国々にも気を配らねばなりませんからね。でも、大丈夫です。ときどきは顔を出してくれますから。ただ、無理強いは禁物です。アスランは野生ですからね。飼いならされたライオンとはちがうんです」

というわけで、読者のみなさんはお気づきかもしれないが、この物語は（完全にではないが）もうすぐ終わりを迎える。二人の王と二人の女王は、ナルニア国をりっぱに治め、そのあいだ国は長いこと幸せだった。

はじめのうちは、多くの時間が白い魔女が率いていた軍の残党を探し出し滅ぼすことに費やされ、実際に長いあいだ、森の荒れ地に邪悪な生きものが潜んでいると報告された――ここで幽霊が出たとか、あそこで誰かが殺されたとか、ある月にはオオカミ男を見た者がいたり、翌月には鬼婆（おにばば）がいたという噂（うわさ）が流れた。しかし終（しま）いには、そうした汚（けが）らわしい種は撲滅された。四人の王と女王は優れた法律を作り、平和を守り、善良な木々が不必要に切り倒されるのを防ぎ、ドワーフやサテュロスの子どもたちを学校から解放し、ほかの者へのおせっかいや干渉を止めさせ、ナルニアに生きる一人ひとりが自由に生きられるようにした。

ナルニア国北部から、どう猛な巨人（ランブルバフィンとはちがう種）が国境を越えて侵入してきたときには撃退した。さらには海の向こうの国々とも友好関係を育んで同盟を結び、訪問し合った。

そうして年月が経つにつれて、四人も成長して変わっていった。ピーターは背が高く、胸板の厚いりっぱな戦士となり、偉大なるピーター王と呼ばれた。スーザンは背の高い気品ある女性に成長し、黒髪が足もとまで伸びて、海の向こうの国々の王たちは、使者を送ってこぞって求婚した。彼女は、優美なスーザン女王と呼ばれた。エドマンドはピーターよりも厳粛でもの静かな男性になり、協議や審判に優れていたため、正義のエドマンド王と呼ばれた。ルーシーはといえば、いつも陽気で、美しいブロンドをなびかせ、いろいろな国の王子たちはみな、いつか彼女を王妃に迎え入れたいと願った。ナルニアの民からは、勇敢なルーシー女王と呼ばれた。

そうして、四人はとても楽しく暮らし、私たちの世界での生活を思い出すことがあっても、それは昔に見た夢を思い出すようなものだった。ある年のこと、タムナスさん（中年のフォーンとなり、恰幅も良くなってきた）が川を下ってやってきて、つかまえると願いを叶えてもらえるという白シカがふたたび家のまわりに現れたと告げた。そこで二人の王と二人の女王は、宮廷の要人を連れて馬に乗り、角笛を手に猟犬を引き連れて、白シカを追って西の森に狩りに出かけた。間もなくして、四人は白シカを見つけた。白シカは、荒れ地も平地も、木々がうっそうとしているところもそうでないところも、おかまいなしに駆けていったので、しばらくすると廷臣たちの馬は疲れ果ててしまったが、四人だけはあとを追いつづけた。

　やがて白シカは馬がついてこられない藪のなかに入っていった。そこでピーター王は言った（彼らは長いあいだ王と女王として暮らしてきたので、いまでは話し方がすっかり変わっていた）。「みな、いますぐ下馬し、あの獣を追って藪のなかに入ろうではないか。わが生涯で、これほど高貴な獲物を狩るのははじめてであるがゆえ」

　するとほかの三人が言った。「仰せのとおりにいたしましょう」

　彼らは馬から下りて手綱を木に結びつけると、深い森のなかに入っていった。するとすぐにスーザン女王が言った。

「みなさま、なにか不思議なものが見えませんか。私には鉄の木のように見受けられるのですが……」

　するとエドマンド王が言った。「じっくり目を凝らして見てみれば、どうやら鉄の柱の上に灯りがついたもののようですね」

「ライオンのたてがみにかけて、なんと奇妙なつくりであることか」とピーター王が言った。「あれほど高い木々が生い茂るところに灯りを据えるとは。灯りをつけたとて、誰のことも照らさぬだろうに！」

「お兄さま」とルーシー女王は言った。「この柱と灯りが設置された時分、このあたりにはもっと低い木があったか、木が少なかったか、あるいは何の木も生えていなかったのかもしれませんわ。あたりの木々は若いのに、鉄の柱は古いように思えますがゆえ」四人は柱を見上げた。するとエドマンド王が言った。

「どうしたことか、この柱の灯りが、不思議と私の心に働きかけてくるのでございます。まるでこのようなものを以前にも目にしたことがあるかのように思えるのです。夢のなかだったか、はたまた夢のまた夢だったか」

「それは私たちも同じく」と三人がいっせいに応えた。

「それだけではございませんわ」とルーシー女王は言った。「この柱と灯りの先を行けば、不思議な冒険が待ち構えているか、あるいは私どもの運命が大きく変わるやもしれぬという思いが頭から離れないのです」

「わが心にも、同じような予感が」とエドマンド王が言った。

「私もだ、弟よ」とピーター王。

「私の心にも」とスーザン女王も言った。「そうであれば、ここはすみやかに馬のもとへ戻り、白シカのあとはこれ以上追わないほうがいいのではありませんこと？」

するとピーター王がこう言った。「されどあえて申し上げる。われら四人がナルニアの王と女王になったときから、戦いや冒険、武勲や正義の裁きなど、ひとたび重要なことがらに着手したからには、諦めるようなことは決してなかった。いつでも引き受けたことは成し遂げてきたではないか」

「お姉さま」と、ルーシー女王が言った。「お兄さまのおっしゃるとおりです。恐怖が心に宿り悪い予感がするからと言って、これまで追ってきた高貴な獣を諦めるのは、恥ずべきことと存じます」

「私も同意する」とエドマンド王は言った。「そしてこの胸騒ぎの示す意味をぜひとも追求したく存じます。ナルニア国とすべての島々における最高の宝石を差し出されたとしても、ここで引き返すことはございません」

「では、アスランの名にかけて」とスーザン女王は言った。「もしみなさんがそう望むなら先に進むことにして、降りかかる冒険に身を任せましょう」

そうして、王と女王たちは藪のなかへと入っていき、二十歩も進まないうちに、自分たちが見たものが「街灯」と呼ばれていたことを思い出し、さらに二十歩も行かないうちに、自分たちがかき分けているのは木の枝ではなく、吊るされたコートであることに気づいた。

次の瞬間、四人はいっせいに、衣装だんすの扉から空き部屋に転がり出た。彼らはもはや狩りの装いに身を包んだ王や女王ではなく、もとの服を着たピーター、スーザン、エドマンド、ルーシーだった。しかもいまは、四人がたんすに隠れたのと同じ日、同じ時間だった。マクレディさんと見物人たちはまだ廊下で話をしていたが、幸いにも空き部屋には入ってこなかったので、子どもたちは見つからずに済んだ。

本来なら、これでこの物語は終わるはずだ。ただ、四人はなぜ衣装だんすからコートが四着なくなったのかを、どうにかして教授に説明しなければならないと思っていた。教授はとてもできた人で「なにを突拍子もないことを言っているんだ」とも「うそをつくんじゃない」とも言わずに、四人の話を最初から最後まで信じてくれた。

「いや、衣装だんすの扉を通ってコートを取りに戻ろうとしても、うまくはいかないだろう。前と同じ方法では、ナルニア国には戻れないよ。戻れたとしても、コートはもう役に立たないだろうね！

えっ？　なんだって？　ああ、もちろんいつかまたナルニアに戻れるさ。一度ナルニア国の王となった者は、永遠にナルニア国の王なのだから。でも同じやり方で戻ろうとしても駄目だよ。それどころか、また戻ろうなんてあえてしないことだ。思いもしないときに、ふいに戻れるようになるのだから。そして、きみたちのあいだでも、あまりそのことを話題にしないことだ。同じような冒険をしたことがある人以外には、話さないほうがいい。なんだって？　そんなことどうしたらわかるのかって？　大丈夫、わかるから。そういう人は奇妙なことを言ったりするだろうし、見た目だって変わっているだろう。そんなふうに秘密は漏れるものなんだよ。よく目を見張っているんだぞ。やれやれ、最近の学校ではいったいなにを教えてるんだか？」

　というわけで、衣装だんすの冒険はこれでおしまい。

　でも、もし教授の言っていることが正しかったら……これはナルニア国の冒険のほんのはじまりに過ぎないのだ。

# 解説

鴻巣友季子

ファンタジー小説の金字塔「ナルニア国物語」が新訳された。これまでも、初訳版のあとに幾つかの名新訳が刊行されており、小澤身和子さんによるこの新潮文庫版はその輝かしい系譜に連なることになるだろう。これを機に、十代、二十代のいわゆるZ世代の若い読者もぐっと増えることも期待したい。

ルーシー、エドマンド、スーザン、ピーターというペベンシー家の四人きょうだいが繰り広げる冒険物語「ナルニア国物語」。

第一巻では、きょうだい四人が初めてナルニア国に足を踏み入れる。白い魔女とナルニアの真の王であり創造主アスランの戦いは、悪と善との戦いであり、このシリーズを貫くテーマだ。きょうだいのある者の裏切りがあり、そのための犠牲と復活があり、最終決戦の末に贖罪(しょくざい)と和解が描かれる。

＊　＊　＊

言葉を話す動物や魔法の生き物のいるファンタジックな王国に心躍らせた頃を思いだす。もちろん、いまもその頁(ページ)をひらけば、あのときのわくわくがすぐさま甦(よみがえ)ってくる。それはどんな興奮だろうか。

じつは私は大人になるまで、『ライオンと魔女』の原題を知らなかった。*The Lion, The Witch and The Wardrobe* と wardrobe が付くのだった（註：翻訳の版によっては「たんす」の部分を訳しているものもある）。それを知ったときに、なにか自分の読書経験とこのシリーズの世界が相似形で重なったような気がした。

まさに私にとって翻訳文学というのは、このワードローブのようなものだったからだ。四人きょうだいの一人、次女のルーシーが初めてナルニアの国に入っていくときのようすはこうだ。

ルーシーは少しびっくりしたけれど、同時に探求心がかき立てられて、わくわくもしていた。肩越しに振り返ると、暗い木の幹と幹のあいだからは、まだ衣装だんすの扉が開いているのが見え、もともといた空き部屋も少しだけ見えた（もちろん、ルーシーはたんすの扉を開けっ放しにするのを忘れなかった。中に入って扉を閉めて閉じ込められてしまうなんて、すごくバカな子がすることだとわかっていたからだ）。

あちらのほうはまだ昼間のようだった。「おかしなことになったら、戻ればいいんだしね」ルーシーはそう考えながら、かたい雪をざくざく踏みしめて、さっき前方に見えた光に向かって森を進みはじめた。

これは、私が wardrobe の訳語である「衣装だんす」という言葉をこの本で読んだ瞬間とその心理に似ているだろう。

「衣装だんすってなに？」

昭和生まれの子どもであった私は「たんす」なら知っていた。自分の家にもあった。木製で抽斗（ひきだし）が何段かついている、衣類の収納家具だ。とはいえ、それは和だんすのことで、ルーシーが入っていったたんすには扉があり、左右にひらくのだ。立ったまま歩いて中にも入れる。いまの読者なら、「ウォークイン・クローゼット」といった語がしっくりくるかもしれない。

はて、衣装だんすとは、一体なんなのか？　と、首をかしげつつ、その時点でもはや私は「衣装だんす」という翻訳語による時空間のワープを始めていた。ペベンシー家のきょうだいたちと一緒に。

外国の見知らぬものや食べ物や習慣を表す翻訳語は、私にとって一種の転送装置だったのだ。そうして私は「おかしなことになったら、戻ればいいんだしね」と思いつつおもしろい外国文学ばかり読みあさり、十九歳で翻訳家になろうと思い立ち、そのまま壁のむこうに居つづけている。

＊　＊　＊

『ライオンと魔女』の作中で、白い魔女がエドマンドを懐柔するのに食べさせるものは、私が読んだ翻訳では「プリン」となっていた。これが、ふわふわして甘そうで、とてもおいしそうなのである。ちなみに、小説家の中島京子さんは、子どもの頃これを読んで、「悪い人間になってもいいから、このプリンを食べたいという気持ちになりました」と述べている。

ところが、これものちのち知ったのだけれど、エドマンドが出されたスイーツはプリンではなかった。プディングでもなかった。原文では、Turkish Delight となっている。「トルコの悦び」という意味だ。

　砂糖にデンプンとナッツ類を加えて作る、甘くてもちっとしたトルコの伝統的なスイーツで、現地の言葉では「ロクム」というそうだ。いずれにせよ、当時の日本人にはイメージできないので、プリンに差し替えられていたのだろう。

　こういう翻訳の仕方を同化翻訳という。日本ではかつて翻訳する側の文化や習慣に合わせて、小説でシュークリーム（英語では cream puff）を「軽焼きまんじゅう」と訳したり、映画字幕でペパロニを「スパゲティ」と訳したりしてきた方法だ。

　プリンといわれればすぐにイメージは浮かぶけれど、作中のそれは、箱にころころとたくさん入っているようで、どうも文脈と合わないところもあった。今回の小澤訳では「ターキッシュ・ディライトという硬いゼリーのようなお菓子でございます、女王さま」と訳されている。いまの日本語読者にもピンとくる訳し方だろう。

　「ターキッシュ・ディライトってなに？」と思う読者もいるかもしれないけれど、翻訳文学の中でぶつかる「なんだろう？」というちょっとした疑問は、のちにわかったときの喜びはひとしおだ。文学作品というのは、なにもかもいっぺんにわからなくてもいい。こういうゆっくりした体験も外国文学ならではの楽しみだと私は思っている。

＊　＊　＊

作者のC・S・ルイスは十代の頃から北欧神話などの世界観に傾倒していたが、スコットランドの作家で『リリス』や『お姫さまとゴブリンの物語』の作者ジョージ・マクドナルドのある小説に出会って大きな転換点を迎えたという。あるとき駅の売店で彼の『ファンタステス：成年男女のための妖精物語』という本を手にとり、たいへんな衝撃を受けたのだ。それは、亡くなったお父さんからゆずり受けた机の中に妖精が住んでいるという設定の物語だった。

この読書体験が「ナルニア国物語」の萌芽となったようだ。一冊の本からこの壮大なシリーズの旅はスタートしたのだ。

壁を抜けて現実と異界を行き来する「ナルニア国物語」の手法は、その後の文芸作品に計り知れない影響を与えていると見られる。

たとえば、日本では宮部みゆきの『ブレイブ・ストーリー』や、上橋菜穂子の「守り人」シリーズ。海外では「ハリー・ポッター」シリーズの著者J・K・ローリングはナルニアの多大な影響を受けて育ったと言っているし、『コララインとボタンの魔女』（同名映画原作）の著者ニール・ゲイマンなどもそうだ。

だから、「ナルニア国物語」をおもしろく読んだ読者の方々は右記の本にさらに手を伸ばしても良いと思う。また、ナルニアからの影響は不明だが、現実と幻想の境があいまいになりふと異界の口がひらくという意味では、小川洋子の『密（ひそ）やかな結晶』や『夜明けの縁をさ迷う人々』、『不時着する流星たち』などもお勧めできる。

壁を抜けて異世界へ移送される話といえば、村上春樹が『世界の終りとハードボイルド・ワンダーランド』や、『ねじまき鳥クロニクル』、『街とその不確かな壁』などの作品を書いているので、こちらも未読であれば手にとってみていただきたい。

＊　＊　＊

ただ一冊の読書がひとの人生を変えることは往々にしてある。もしかしたら、たったいまも、この新潮文庫版の新訳「ナルニア国物語」が、だれかの人生を変えているかもしれない。

（二〇二四年十月、翻訳家・文芸評論家）

本作品には現在の観点から見て、差別的とされる表現が含まれますが、執筆当時の時代状況と文学的価値に鑑みて、原文通りとしました。（新潮文庫編集部）

本書は訳し下ろしです。

ディケンズ
村岡花子訳

クリスマス・キャロル

貧しいけれど心の暖かい人々、孤独で寂しい自分の未来……亡霊たちに見せられた光景が、ケチで冷酷なスクルージの心を変えさせた。

L・キャロル
矢川澄子訳
金子國義絵

不思議の国のアリス

チョッキを着たウサギ、チェシャネコ、ハートの女王などが登場する永遠のファンタジーをカラー挿画でお届けするオリジナル版。

ライマン・フランク・ボーム
河野万里子訳
にしざかひろみ絵

オズの魔法使い

ドロシーは一風変わった仲間たちと、オズ大王に会うためにエメラルドの都を目指す。読み継がれる物語の、大人にも味わえる名訳。

J・M・バリー
大久保寛訳

ピーター・パンとウェンディ

ネバーランドへと飛ぶピーターとウェンディ。彼らを待ち受けるのは海賊、人魚、妖精、人食いワニ。切なくも楽しい、永遠の名作。

H・ロフティング
福岡伸一訳

ドリトル先生航海記

すべての子どもが出会うべき大人、ドリトル先生と冒険の旅へ――スタビンズ少年になりたかったという生物学者による念願の新訳！

J・G・ロビンソン
高見浩訳

思い出のマーニー

心を閉ざしていたアンナに初めてできた親友マーニーは突然姿を消してしまって……。過去と未来をめぐる奇跡が少女を成長させる！

Title : THE LION, THE WITCH AND THE WARDROBE
Author : C. S. Lewis

ナルニア国物語1

# ライオンと魔女（まじょ）

新潮文庫　ル-6-1

*Published 2024 in Japan*
*by Shinchosha Company*

令和六年十二月一日発行

訳者　小澤身和子（おざわみわこ）
発行者　佐藤隆信
発行所　株式会社新潮社

郵便番号　一六二―八七一一
東京都新宿区矢来町七一
電話　編集部(〇三)三二六六―五四四〇
　　　読者係(〇三)三二六六―五一一一
https://www.shinchosha.co.jp

価格はカバーに表示してあります。

乱丁・落丁本は、ご面倒ですが小社読者係宛ご送付ください。送料小社負担にてお取替えいたします。

印刷・錦明印刷株式会社　製本・錦明印刷株式会社

ISBN978-4-10-240661-8 C0197